人人
都不了了之

#【作者簡介】

曾仕強教授

英國萊斯特大學管理哲學博士，人類自救協會理事長，新人類文明文教基金會董事長，台灣交通大學教授，國立台灣師範大學教授，台灣興國管理學院首任校長。

著有《中國管理哲學》、《中國式管理》、《總裁魅力學》、《大易管理》、《胡雪巖的經營管理》、《透視靈魂看人生》、《剖析三國演義的道理》等數十種。

劉君政教授

美國杜魯門州立大學教育行政碩士，台灣師範大學教育學士。

歷任台灣師範大學、彰化師範大學、高雄師範大學教授，胡雪巖教育基金會理事。

前言——代序

易經的最後一卦，表面上看起來，是未濟（䷿）卦，實際上是既濟（䷾）和未濟（䷿）兩個卦。這種情況，和乾（䷀）、坤（䷁）兩卦並列，都是易經的第一卦，有異曲同工之妙。因為既濟、未濟，和乾、坤一樣，都是一體的兩面。乾（䷀）卦看起來六爻皆陽，是純陽卦。實際上陽中有陰，好比男性的體內，照樣蘊藏女性荷爾蒙，也有隱性的陰，存在於其中。否則憑什麼到了上六，就可能產生亢龍有悔的結果？陽極成陰，便是陽中存有陰的因子。

乾卦的二、五兩爻，和坤卦的二、五兩爻，進行交易。形成坎（䷜）卦和離（䷝）卦，分別象徵水和火。乾、坤、坎、離分居南、北、西、東四個正位，代表天、地、水、火。成為人類生活中至關重要的資源，缺一不可。

我們把天地合稱為天，具有元、亨、利、貞四種美德。構成我們人類的倫理基因，使我們的善性，得以代代相傳。即使學校教育並不重視，也能夠持續地傳承下去。

離代表太陽，由東方升起。坎代表水，對樹木的成長和金屬的開採，有很大的助益。一江春水向東流，表示中原的河流，大多由西向東，所以把坎卦安置在西方。離為東，代表人類的文明，發光發熱。坎為西，象徵我們所用的資源，以金屬和木材為主。用「東西」來稱呼我們常用的器物，製造出來的產品，實在十分恰當。

易經分成上下兩部分，上經從乾（䷀）、坤（䷁）、屯（䷂）、蒙（䷃）、需（䷄）、訟（䷅）、師（䷆）、比（䷇）、小畜（䷈）

、履（䷉）、泰（䷊）、否（䷋）、同人（䷌）、大有（䷍）、謙（䷎）、豫（䷏）、隨（䷐）、蠱（䷑）、臨（䷒）、觀（䷓）、噬嗑（䷔）、賁（䷕）、剝（䷖）、復（䷗）、无妄（䷘）、大畜（䷙）、頤（䷚）、大過（䷛）、到坎（䷜）、離（䷝），總共三十卦。提醒大家：乾、坤象徵天、地。有了天地，然後才能產生萬物。一切事物的始生，都經過相當的危險和困難。屯代表母親的孕育艱難，我們只知道過生日，歡樂慶生，卻忘記了這一天其實是「母難日」。生下來之後，什麼都不懂，亟待啟蒙。蒙卦教我們認識自然，效法自然，也要妥善運用自然。懂事之後，產生各種需要，即為需卦。資源不足，難免供需失調，引起訴訟。爭訟太甚導致團體的對抗，以興師問罪。師指眾人聚集，需要親比的力量，此卦象徵上下親和，團結產生力量。不打仗便可以用來從事畜牧漁獵的活動，因而有了小小的畜積，稱為小畜。由小富而大富，就需要祭祀。履卦象徵遵循禮制以實踐天道。實踐得宜自然平安，進入泰順。否則上下溝通不良，成為否卦。要打開閉阻的障礙，需要同人互助合作。同人象徵善與人同，在求同存異中，保持和而不同的君子風度。能夠與人相同，萬物必然歸附，形成大有。這時候最要緊的，便是謙讓。大有所得而又謙虛禮讓，必然悅樂。豫卦象徵預備妥當、預測未來，因而心中歡愉。悅樂就有人隨順，隨卦隨人，也要順應自然。若是存心討好，便會滋生事端。蠱卦象徵受到迷惑而跟隨他人的腳步，顯然有失周全的考慮，以致自己擾亂了正常的心情，值得現代常以「粉絲」自居的迷哥迷姐們提高警覺。蠱惑的風氣，必然有人出來匡正惑亂。臨卦象徵親臨視事，以大德大譽，加以高度的親和力，達成可觀的轉化。觀卦象徵內心和外物的互動，能夠見微知著，而又具有觀賞的藝術修養。遇到疑難，必須用心反省，全力排除。噬嗑卦表示英明果斷，把食物中所含的堅硬東西，吐出來或者把它咬斷，以求上下相合。事物不應該苟且相合，英明果斷還要配合撫平創傷。賁卦象徵文飾若是到了極致，勢必由亨通而趨於窮盡，呈現剝落的景象。剝卦象徵表層的修飾剝落，必須妥為修繕，以恢復原有的面貌。復卦便是修復的工作，有東山再起的新氣象。恢復時大多不敢隨意妄為，無妄卦提醒大家不隨意妄為才能夠畜積大德以求永保豐盛，成為大畜。於是大家重視保健，企求頤養天年。頤卦象徵養心志重於養口體，不能因口腹的滿足而犯了大過。太過就不合理，大過提示我們日子太好過，很容易為非作歹。最好加以合理的節制，以求心安。因為現實生活當中，充滿了艱難險阻，有待我們努力去克服，用心去超越。生活但求小康，花費更多心力，來學習保險、避險和脫險。坎卦的用意，即在把困境當做人生的挑戰，從危險中激發我們的智慧，用來創造光明的前程。離卦實際上是人類創造文明的重要依據，易經有關文化和文明的內容，都由離卦變化而來。離象徵光明，卻具有附著的意義。木材燃燒發出火光，火光附著在木材上面。一旦木材燒盡，火光沒有木材可以附著，自然就熄滅了。現代人救火，也常用隔離法。把火場的四周，都隔離開來。就這麼一塊火場，燒完了無所附著，便會熄滅。人類的文明，必須附著在倫理道德上面。現代科技，只重視創新，熱衷於保護智慧財產權，卻嚴重地輕視倫理道德，甚至認為兩者並不相干，毫無關聯。導致人類因科技而享受良好、便利的物質生活。也將由於濫用科技，而遭受滅絕的厄運。

易經以坎、離為界，分上下經。下經由咸（䷞）、恆（䷟）開始，到既濟（䷾）、未濟（䷿），共有三十四卦。提醒我們，人類有良好的感應，可以憑良心來悟天道。只要大家憑良心、時時立公心，並且自己先力行。人類的文明，必然光明燦爛，而又正大合理。可惜人類愈來愈相信口頭的溝通，愈來愈忽視心靈的默契。倡導透明化、公開化、一切說清楚，講明白，以致溝而不通，反而感情難以恆久。主要原因，即在人類具有偏道的傾向，不是偏東，就要偏西，搖擺不定。現代人能動不能靜，一心求快速。很難體會坎卦在離卦之前，表示上天安排各種艱難險阻，原本是警示人類必須正心、誠意，時刻不離正道，才能夠放心地創造文明。把人類的創造力，自主性，加上豐富的人情味，使人類時刻不忘理智的重要。以理智指導感情，才能避免感情用事，而偏離中道。不幸的是，大多數人嚐到甜頭，便得意忘形；而遭遇困苦，立即怨天尤人，不知自我反省。這樣一來，使得人類自作自受，難逃既濟、未濟循環往復，而且週而復始的惡運。完全咎由自取，必須自行承受，或者要妥為調整心態，以求合理因應。

我們從乾、坤、坎、離，看出上天有好生之德，提供這樣有利生存、孕育、發展的環境。人類天賦的創造性和自主，已經十分明顯。凡人皆知，而且盡力加以利用。然而潛在的善良德性，卻愈來愈不明顯。居然有人懷疑，大膽提問良心值幾個錢？又妄言好心不得好報，氣節養不活人。導致社會風氣敗壞，人人難得安寧。幸好科技再發達，還不能決定人的生死。醫藥衛生再先進，也只能「醫生才，病人福」，誰也不敢保證效果。人人都不了了之，古今中外迄今仍無例外。我們由既濟和未濟的啟示，深入剖析其中的道理。從「求得好死」、「不得好死」；「不以成敗論英雄」、「勝者為王，敗者為寇」；

「人算不如天算」、「人定可以勝天」這些看起來相互矛盾，實際上彼此互相呼應的諺語，用心領悟。把不了了之當作常態，卻以「慎始善終」、「死得心安理得」、「但求心無愧怍」來妥善因應，以達成「圓滿人生」的共同願望。

尚懇各界先進朋友，不吝賜教是幸。對於古聖先賢，當代高明賢達，提供非常豐富的寶貴資料和事迹，尤為衷心敬仰，並且萬分感激。

曾仕強
劉君政　謹識於台灣師範大學

代序

目錄

第一章 易經為什麼分上下？

上經三十卦，自乾坤到坎離，
主要在闡明天道自然的規律。
下經三十四卦，由咸恆到既濟未濟。
人道的艱難險阻，必須思患預防。
聖人看天下物，皆成兩片。
天道和人倫，都是不能偏忽。
上經以坎離向人類示警，
水火無情必須妥善加以處理。
下經既濟在先，而未濟在後。
告訴我們任何成就，都留下後遺症。
君子思患預防，不求有功但求無過。
值得急功好利的現代人，多多警惕。

一、伏羲畫卦符合現代科學

科學昌盛是我們這個時代的特徵，自然科學在人類社會中扮演舉足輕重的角色。我們相信一切的物質，都由原子構成。而所有的原子，都在轉動。因此推知，一切的物質都會轉動。而且很有秩序，可以說是有規律的轉動。

主宰轉動的力量，既不是神，也不能是人。我們稱之為宇宙的力量，也就是自然規律。人類的生存，離不開這個力量，卻不知它是從何而來？當年伏羲氏用「一畫開天」，透過一個十分簡單、明瞭的符號（⚊），來加以表示。認為宇宙只有一個，支配宇宙的力量，應該也只有一個。否則宇宙會分裂，變成兩個或好幾個。一切的一切，都在這力量當中，變幻旋轉。繫辭下傳說：「易之為書也，不可遠，為道也屢遷，變動不居，周流六虛，上下无常，剛柔不易，不可為典要，唯變所適。」告訴我們：易經是一部經世致用的書，不可以遠離它而不用。易經所體現的道理，就是不斷地推移運動，永遠不止息地變動。「這種變動周遍地流行於每一卦的六爻之間」，或向上或向下，並沒有一定的法則。陽剛與陰柔也互相變易，不能夠拘泥、固執於某一定規，卻只能依照適合的方式不斷地變化。

現代物理學，證明有物質即有反物質，有宇宙便有反宇宙，一正一負，和當年伏羲氏一分為二，分陰（⚋）分陽（⚊），完全相合。一分為二，二合為一，也就是我們所說的「一之多元」，既非一，也不是多。既是一，也是多。西方哲學界爭執數千年的「一元」、「多元」，實屬多餘。

太極（一） → **一畫開天（一）**

主宰宇宙的力量，
既不是神，
也不是人。
而是自然的規律，
人類一直離不開它，
卻又不知道它從哪裡來？
無以為名，
勉強稱之為「太極」，
或者叫做「道」。

符合科學研究的結果

一切物質，
都由原子構成。
所有原子，
時時都在轉動。
一切物質，
都在轉動，
而且很有秩序，
十分有規律。

二、聖人看天下物皆成兩片

愛因斯坦提出著名的「相對論」之前，科學家把宇宙描繪成一個含有物質與能量這兩種性質不同元素的容器。物質有實體，有惰性，也有質量。能量是活動的，肉眼看不見，而且沒有質量。愛因斯坦証明「質」與「能」是可以互變的：質就是能，能即是質，不過是一時的狀態，有所不同而已。如果物質放出質量來，以光速運動，我們把它叫做能。反過來說，若是能凝結起來，呈現另一種形態，我們就稱之為物質。合起來是一，分開來便成為二。

伏羲當年缺乏科學語言，難以說出「宇宙間無數的物體，所產生的引力，構成無限的紛亂和複雜。在這紛亂而複雜中，藉由向心力和離心力這兩種主要的力量，統合成一個有秩序、有軌道的運動。」這樣的話。卻更簡易地畫出陰（⚋）、陽（⚊）兩個符號。以陰代表物質，而用陽表示能量。天充滿了能量，所以乾（䷀）為純陽。地充滿了物質，因此坤（䷁）為純陰。陰能變陽，陽也能變陰。聖人看天下的事物，都成為兩片，也就是陰和陽。

按照原子的構造說，每個原子有陰、陽兩極。核心（內部）是陽，成為陽子。遊星（外部）是陰，即為電子。陽子在內有向心力，電子在外有離心力。宇宙的秩序，是由陰、陽推動的向心力和離心力，來維持動態的均衡。陰陽兩極均衡，電流沒有落差，才能安定。然而愈近核心，陽的成分愈多；愈離核心，陰的成分愈多。所以卦爻變化無常，隨時要找出當時最合適的方式，以求取均衡。

易理　V.S.　現代科學

易理	現代科學
萬物由陰、陽構成。	宇宙有物質也有能量。
陰極生陽，陽極生陰。	質能互變。
陰、陽代表作用和反作用。	向心力和離心力互相拉扯。
易與天地準。	科學研究天地的自然規律。

我們沒有說伏羲比愛因斯坦聰明，
只是說有智慧的人，看法大致相同。

三、上經重天道下經重人倫

宇宙的一切，都在轉動，而且有軌道，也有規律。依據物理學的原則，物體的運動，應該是直線的。但是物與物之間，有引力的互動，使直線運動變成拋物線運動。再由拋物線運動，變成橢圓形的運動。有一定的速度和一定的週期，形成宇宙的自然秩序。看起來雜亂無章，實際上井然有序。我們稱為「亂中有序」，到處都有這種現象。

周文王六十四卦序，由乾、坤兩卦拉開序幕。然後屯、蒙、需、訟、師……，一直發展到既濟，未濟，可以說是一個大的橢圓形。接著仍然由乾、坤再度循環下去，形成下一個大的橢圓形，以乾、坤為始，而以既濟、未濟為終，構成特大的橢圓形，實在是最大的周流。

如果把範圍縮小，分成天道和人倫，畫出兩個橢圓形，也符合聖人一分為二的原則。從乾、坤到坎、離，一共三十卦，列為上經。乾卦象徵天，坤卦象徵地。有天地，然後產生萬物。接著屯、蒙、需、訟、師……一直到坎、離，比較重天道。將咸、恆到既濟、未濟，總共有三十四卦，列為下經。人類有男女，然後才有夫妻。咸卦象徵夫妻，有了夫妻，接著才產生父子、君臣、兄弟、朋友等關係。能夠超越常情，才足以成大事，用既濟卦來闡明其中的道理。但是萬物不可能有窮盡，所以接下來是未濟卦，象徵天道的循環不已，人事的無窮無盡。

上經、下經，不過是「一分為二」。實際應用的時候，仍然是上下經合在一起，也就是保持「二合為一」的精神。

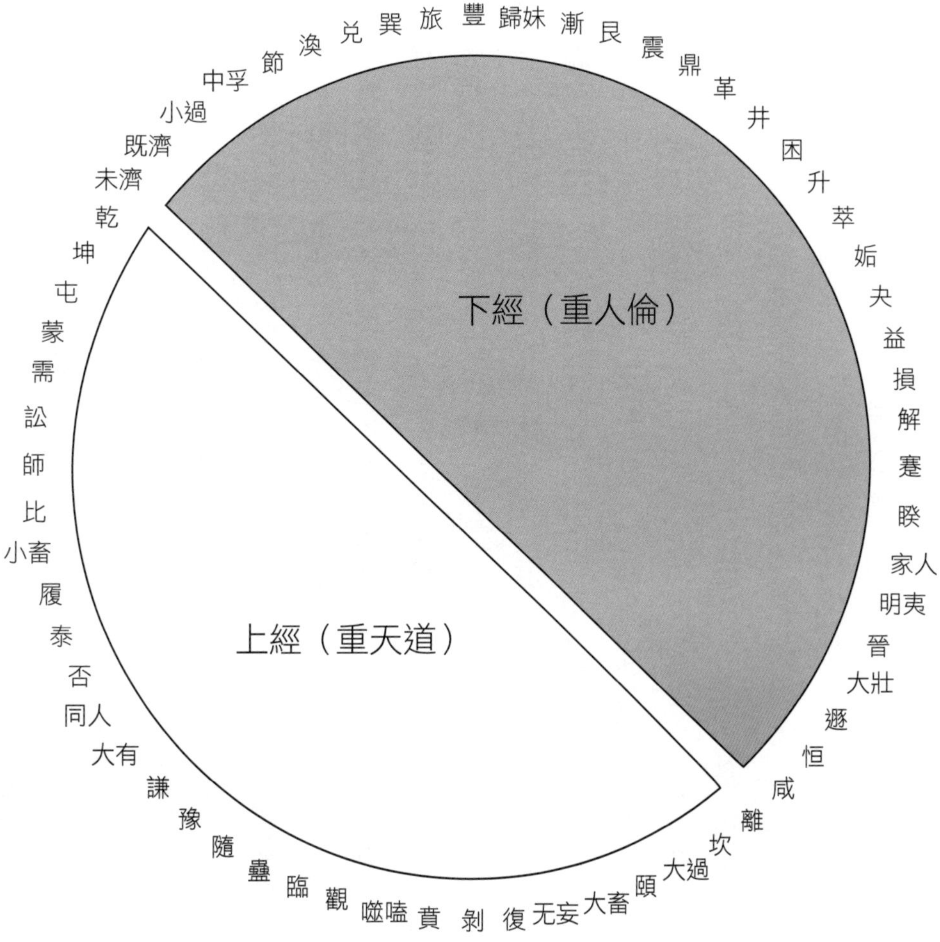

上經、下經一分為二，二合為一

四、天道以坎離向人類示警

八卦代表八種自然物質，乾為天、坤為地、坎為水、離為火、震為雷、巽為風、艮為山、而兑為澤。天地間如果沒有水火，我們人類便不能生存，文明也不可能產生。

水是人類生活必需的資源，地球表面，水的面積遠大於陸地。但是，水能載舟，也能覆舟。水患往往帶來很大的危險，奪取很多人的生命財產。人類生存離不開水，而文明發展則離不開火。我們能夠熟食，冶煉各種金屬製作器具，全部都是火的功能。然而，水火無情。許多人生活在水深火熱之中，也是大家忘不了的可怕記憶。

坎、離由乾、坤卦演變而來，乾（䷀）卦的九二爻和九五爻，進入坤卦，取代坤（䷁）卦的六二爻和六五爻，便成為坎（䷜）卦。坎為水，坤為地，乾為天。天（☰）上的雲霧，受到寒氣的影響，變成雨水。降落到地（☷）上，在地的中間流成一條水流，便是我們常見的河水。所以地（☷）當中動，即為水（☵）。坤（䷁）卦的六二爻和六五爻，取代乾（䷀）卦的九二爻和九五爻，便成為離（䷝）卦。離為火，乾為天，坤為地。乾代表能量，坤代表物質。物質燃燒起來，產生火的熱能。所以天（☰）空中燃燒造成的火光，即為火。既濟（䷾）和未濟（䷿），由坎、離演變而成。坎上離下為既濟，離上坎下即未濟。天道的主要因素，是天、地、水、火，也就是乾、坤、坎、離。人倫的成敗，則看人類如何處置水、火這些資源？合理即既濟，否則便未濟。上經和下經的劃分，實在是以人為主，給人類很大的啟示。

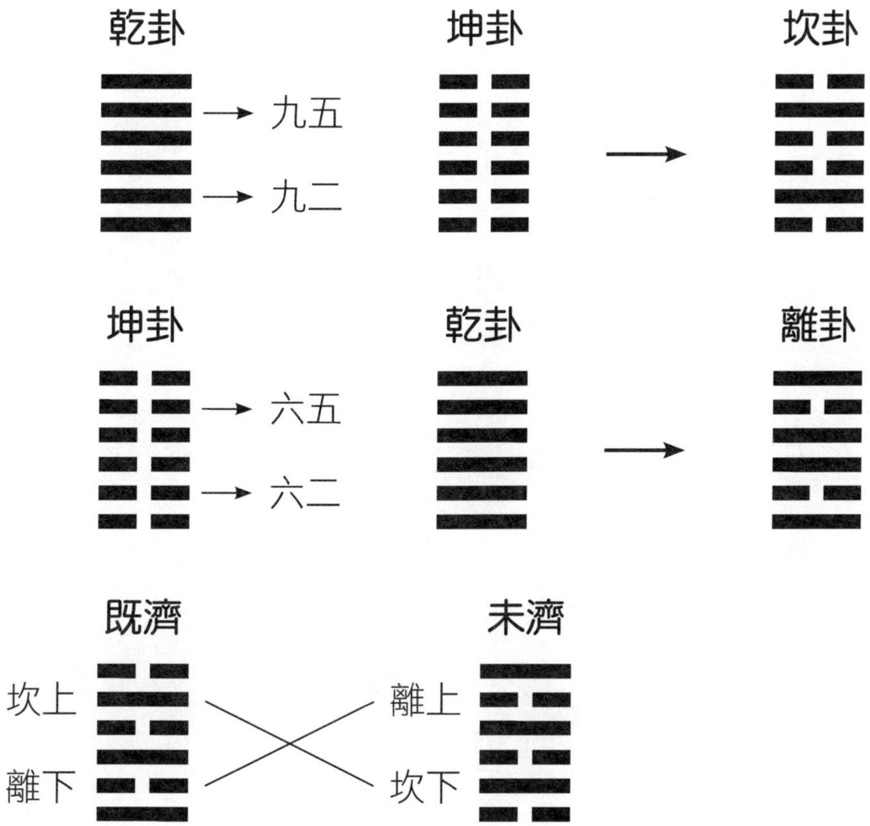
乾卦
九五
九二
坤卦
坎卦
坤卦
六五
六二
乾卦
離卦
既濟
坎上
離下
未濟
離上
坎下

五、水火無情必須妥善處理

乾、坤、坎、離、震、巽、艮、兌八個基本卦，除了乾、坤兩卦是純陽、純陰之外，其餘六卦，都由同樣的卦重疊而成。坎與坎相重，成為坎卦。離與離相重，即為離卦。其他震、巽、艮、兌四卦，可依此類推。

坎卦卦辭：習坎，有孚，維心亨，行有尚。

習的意思有三：一為重複，表示坎上坎下。二為反復練習，由於險象重重，必須逐一安全脫離，才能獲得真正的安全。三是安之若素，不憂不懼，務求因勢利導。

坎的九二和九五兩陽爻，陷入陰爻之中。陰包陽，有如人掉入水中，有滅頂的危險。人生不如意事，十常八九。所以要重複練習脫險，以其不憂不懼，安身立命。

孚是誠信，坎卦外陰內陽，表示剛正在內。剛正是誠信的元素，所以有孚。維繫心志的堅定、正當，才能履險如夷，自然亨通。這樣的行為，顯得很高貴，值得崇尚。

離卦卦辭：離，利貞亨，畜牝（ㄆㄧㄣˋ）牛，吉。

火代表光明，離象徵火附著於被燃燒的物質。人也是一樣，必須附著於精神和物質，才能生存。元亨利貞四德，離有其三。但是排列的次序，是利字當先，然後才是貞亨。表示離卦的六二、六五都是陰爻，心術大多不正，大多附著於邪利。所以特別提醒大家，必須附著於正利，才能亨通。牛的力大可以任重，牝（ㄆㄧㄣˋ）牛性情柔順，學習牝（ㄆㄧㄣˋ）牛的柔順任重，培養自己的忠貞。然後擔負重任，自然吉祥。

水火無情，端賴人的妥善運用，才能產生良好作用。

習坎 ䷜

- 乾 ䷀ 上乾 ☰ 下乾 ☰，稱為純陽卦。
- 坤 ䷁ 上坤 ☷ 下坤 ☷，叫做純陰卦。
- 坎 ䷜ 上坎 ☵ 下坎 ☵，為坎 ☵ 的重複。
- 需要反復練習，才能不憂不懼，所以稱為習坎。
- 人生險阻重重，必須秉持誠信，堅定心志，才能脫險。

離 ䷝

- 離 ䷝ 上離 ☲ 下離 ☲，為離 ☲ 的重複，也應稱為習離。
- 由於坎卦已經加上習字，所以省略掉，稱為離卦。
- 六二、六五都是陰爻，心術大多不正，很容易附著於邪利。
- 必須附著於正利，才能亨通。

六、既濟未濟全在一念之差

既濟（䷾）上坎下離，象徵水在火上。我們燒開水時，以壺裝水放置火上。利用火的熱能向上，傳遞熱度使水沸騰。把水燒成開水，便是既濟，意思是把事情辦成。

我們看既濟卦辭：既濟，亨小，利貞，初吉，終亂。

既濟表示一切既然已經完成，告一段落。這時趕緊調查，是不是還有人，還有事尚未完成？亨小是不能取大的卻忽略掉小的，否則便不算既濟。不論是渡人或成事，必須大小都兼顧，而且還要遵循正當的途徑，不能走邪路歪道。利貞是堅守合理正當的操守，才能有利。一切完成之後，大小平安，難免得意忘形，所以初吉終亂。用意在提醒我們，不可為了小成就而得意洋洋，以免招惹大後患。

未濟（䷿）上離下坎。坎為水，水性向下。離為火，火性向上。水在下而火在上，不相接觸，烹飪不可能完成。

未是否定詞，未濟即尚未完成，不能完成。和既濟相反，成為火水未濟。警示我們，一切的成就，都不了了之。所以卦辭說：未濟亨，小狐汔（ㄑㄧˋ）濟，濡（ㄖㄨˊ）其尾，无攸（ㄧㄡ）利。

為什麼既濟亨，未濟也亨呢？因為既濟是眼前亨，而未濟卻是日後亨，不過是時間的前後，有所不同。初六居於坎下，稱為小狐。由於體小力弱，尚不能渡河，必須等待水乾涸了才能渡過。汔是幾乎，快要渡過的時候，還是免不了沾濕尾巴，所以不能登岸，並沒有好處。一個人徒有濟世的意志，卻缺乏濟世的才能。終久不能成功，我們也只能表示惋惜。思危防患，是既濟和未濟的一念之差。

未濟 ䷿ V.S. 既濟 ䷾

未濟 ䷿	既濟 ䷾
未濟指待時而濟，並非不濟。	既濟指一切既然完成，告一段落。
未濟眼前不亨，日後卻可能亨。	既濟目前亨，日後很可能不亨。
小孩都渡不過，何不等待長大？	大人都已渡過。不能漏掉小孩。
有決心，缺乏才能也沒有用。	必須遵守正當原則，走正道。
水在火下，開水燒不成。	水在火上，開水燒得沸騰。
不可灰心喪志。	難免得意忘形。
思危防患，要充實自己的才能。	思危防患，要保持警惕小心。
不用心，永久未濟。	不用心，終久未濟。

我們的建議

1 中華文化以人為本，所有天道的自然規律，都需要人來體會、歸納、描述和實踐。易經分上下，上經闡明天道，下經重在人倫。必須天人合一，才能合理合諧。

2 天、地、水、火是人類生存，最為重要的資源。妥善運用水、火，創造出光明燦爛的文化，是全人類共同的目標。若是不依正道，不能合理運用。水火無情，很可能使辛苦累積的成果，毀於一旦，或者全部淹沒。

3 坎表示水，精於游泳者，也難免死於水，可見其險惡。我們常以水代表財，警示大家愛財也應該取之有道，以免帶來凶險。不但財留不住，有時連命都保不住。

4 離是火，代表人類的文明。火必須有物附著，才能燃燒。一旦附著物燒盡，火也隨即熄滅，所以有離的作用。雖然美麗，卻難以持久。人人愛漂亮，更應該充實才能。否則人老珠黃，無才無能，豈不要流落街頭？

5 既濟、未濟，都是好事情。已經完成的，用不著過份高興，以免得意忘形。尚未完成的，不必灰心喪志。只要努力不懈，堅持正道，未來永遠是光明的。

6 要做一件事情，先想想會不會產生那些後遺症？不能為了急功近利，想到便做，將來發現後果十分嚴重，再心生後悔。甚至摔手不管，讓後面的人傷透腦筋，也解決不了。

第二章　習坎六爻有哪些啟示？

人生是學習的歷程，活到老學到老。
用艱難險阻來磨練，是最好的辦法。

坎卦六爻，初六和上六兩爻皆凶。
二、三、四、五爻在險中，反而不言凶。

警示我們初入社會，不要鋒芒自負。
歷經苦難，更不能知法犯法，甚或玩法。

漩渦中的漩渦，水面上看不見。
其實對人的傷害，才最危險。

向苦難學習，是避苦離難的保障。
多難與邦，何況是個人和家庭。

吃得苦中苦，方為人上人。
面對艱難險阻，承受各種壓力，值得。

一、初六不當位避免險中險

習坎（䷜）坎上坎下，表示險中有險，象徵人生闖過一個難關，緊接著又要闖下一個難關，遭遇重重艱難險阻。

初六爻辭：習坎，入于坎窞（ㄉㄢˋ），凶。

習是不斷地學習，以期熟悉水性。勤於和水互動，雖然水中有險陷，也能安之若素。習坎也可以說是重重的險陷，窞（ㄉㄢˋ）指坎中的小穴，也就是漩渦中的漩渦，陷中的陷。初六位於坎下的始位，以陰居陽位，不當位。又與六四，也就是坎上的始位，同樣是陰爻，也不相應。初六有如剛剛學習游泳的人，最害怕漩渦中的漩渦。因為它具有強大的吸力，很容易把人吸進去。初六陷入漩渦中的漩渦，六四又救不了他，失正而凶，實在難以自拔。

爻象說：習坎入坎，失道凶也。

初六習坎，原本想練習化解險陷。現在卻陷入水底的漩渦，當然十分危險。這種不自量力的表現，是一般年輕人剛剛進入社會，便自視甚高，認為一切困難，都能夠輕易過關，沒想到反而經常遭遇困境。眼高手低，令人捏一把冷汗。

年輕人有如初生之犢不畏虎，好比剛出生的小牛，由於不知危險而不怕老虎。剛學游泳的人，因為缺乏經驗而勇敢大膽。這種態度好不好？答案是「合理就好」。失道凶也，並不是單方面的判斷，應該和不失道便不凶，合起來想。卦辭所說的有孚（誠信）、維心（心志堅定，專心）便是習坎之道，把險陷當做磨練，事先做好安全的準備，就不凶。完全不理會，抱著僥倖的心理嘗試，那就凶了。

習坎

初六，習坎，入于坎窞，凶。

年輕人初入社會，總希望在最短時間內，
使大家知道自己的厲害。
於是透過言語和行動的鋒芒，來引起大家的注意。
殊不知言語鋒芒，便得罪旁人，
行動鋒芒，就惹人妒忌，
相當於剛剛學習游泳，便陷入漩渦中的漩渦，
如果不能堅定意志，把艱難險阻當做磨練。
不怕犯錯，卻更應該善補過，
不求充實自己，那就凶了。

年輕慎選師長，不能胡亂學習。

二、九二小心謹慎可保无咎

坎（䷜）卦九二爻辭：坎有險，求小得。

九二以陽爻居陰位，不當位。一陽陷入上下二陰之中，象徵身陷坎險而難以脫離。好在九二居中，有主見；陽爻剛健，能腳踏實地，又小心謹慎。若是只求小得而不貪心求取大得，應該可以安全脫離險境。求小得的意思，是求鄰近的初六或六三。由於初六、六三都是陰爻，陰為小，所以說求小。如果要求大，目標就放在九五上面。但是九二與九五不相應，硬求反而不好。捨近求遠，來不及了。何況得初六的救援，證明平日關懷部屬，不因為他年輕不懂事，鋒芒畢露而看不起他，卻能夠給予關懷和教導。這時候求他，必然十分熱心來救援。通常陰爻在陽爻之下，稱為陰乘陽，初六乘九二，以陰柔的力量承助原本剛健的九二，當然有所得而善。至於六三，以陰柔乘陵在下的九二，為陰乘陽，柔乘剛，通常逆而劣，不容易獲得支援。初六雖然年輕缺乏經驗，卻擁有高度的熱誠和衝勁，得到初六的救援，雖然是小得，但是和大得有同樣的效果。

象說：求小得，未出中也。

九二居於習坎下卦的中位，這是九二最大的優勢。從字面上看，只獲得弱小的支援，仍然未脫離險境。實際上是說：求小得表示謹守本份，不貪求大得，正是未偏離中道而走入偏道。象徵遭遇艱難險阻，仍然堅持合理的原則，不妄想也不貪求。既不消極地等待，也不盲目地冒險。雖然未脫離險境，卻顯得意志堅定，積極地在苦難中成長。

習坎

九二，坎有險，求小得。

在艱難險阻中，不憂不懼。把各種險阻，都當做學習的關卡，勇敢，冷靜，堅持但不冒進，一步一步向前邁進，不斷自我提升。同時，不要貪心，想突飛猛進，一下子有大的收穫。

日有寸進，天天有進步。就算是小得，其實比大得還要可貴。心不要太大，手腳卻應該勤勞。不要看不起不如自己的人。

有時候從他們身上，也可以學到難得的經驗。不放棄中道，再險阻也用不著害怕。

天天有進步，勝過一曝十寒。

三、六三前後皆險不能妄動

習坎（䷜）六三爻辭：來之坎坎，險且枕，入于坎窞ㄉㄢˋ，勿用。

來是來到坎下的究竟，初六為始，九二是壯，而六三居究位，為下卦的終。之是往的意思，由下卦往上卦。六四也是坎，所以來是坎，去也是坎，來去都是坎。來之坎坎，身處重險，前後都有險阻。枕和沉相通，六三居上坎之下，象徵入于坎窞ㄉㄢˋ。最好不要亂動，以免愈陷愈深。勿用是不能輕舉妄動，並不是完全不動。六三陰爻居陽位，又是坎下的上爻，既不當位，又不居中。深入險地，當然是不自量力。暫且不動，等待情況有所改變，再動。

象說：來之坎坎，終無功也。

九二還可以求小得，六三乘陵在下的九二，連小得都得不到。這時候若是輕舉妄動，必然徒勞無功而難以脫離險境。枕也可以當做頭部靠在上面的東西，對於將要陷入深渦的人，有東西在下面托著，最好不要亂動。以免把托著的枕弄掉了，更為危險。終无功也，是指往來都無濟於事，所以无功。既然終无功，不如暫時勿用。

初六開始學習，若不慎擇師長、慎選內容。學錯了，相當於入于坎窞ㄉㄢˋ，結果非凶不可。九二告訴我們學對了，也不能貪心求大得，以免造成學習障礙。久而久之，喪失學習興趣，反而不好。六三是學習遇到倦怠期，進不了也退不得，必須暫時鎮定下來。既不輕言放棄，也不施加壓力。放鬆心情，再接再厲，才能夠安全渡過。但是接下來的挑戰，依然緊追不捨，並不是完全不動就能化解的。

習坎 ䷜ 六三，來之坎坎，險且枕，入于坎窞，勿用。

學習到了一個階段，便認為學有所成。那就是深陷險境而不自知。因為學無止境，到了下坎的頂端，上坎剛要開始。往往到了這個階段，由於進步很緩慢，學習又感覺有困難，以致倦怠鬆懈。若因此放棄，則不進即退，前功盡棄。如果施加壓力，恐怕影響學習興趣，反而不好。六三進退兩難，前後都是險陷。不如暫且鎮定，做適當調節，再做打算。

遭遇學習倦怠期，不宜輕舉妄動。

四、六四當位真誠即能无咎

習坎（䷜）六四爻辭：樽酒簋貳，用缶，納約自牖。終无咎。

樽是盛酒的容器，簋是裝食物的竹器，缶為瓦製的器具。樽酒是用餐時奉上一樽酒，簋貳的貳，為副，也就是佐以一竹簋的下酒菜，再以瓦器裝米飯。合起來看，便是過簡單儉約的生活。納是要的意思，約即儉樸儉約。牖字古代意為小窗。納約自牖，表示這些簡單的食物，直接從小窗口送進來，用不著開門，以節省時間。這樣的情景，到底在提示什麼道理？為什麼到頭來會沒有過失呢？

從學習的角度來看，坎下如果是「學而優則仕」，從初六專心向學，九二頗有小得，六三勿用。已經在事業上建立良好的基礎，以證明即學即用，有能力進入上坎了。

六四以陰爻處陰位，表示當位。在仕途上已經是近君（九五）的大臣，必須轉而「仕而優則學」。仿效孔子得意門生顏回那樣，過著刻苦的生活，向君王表明專心學習，用心治理的誠意。也讓外界的人，明白自己的苦心。事君以誠，專心向學辦事，當然沒有過失，所以終无咎。

象說：樽酒簋貳，剛柔際也。九五為剛，六四為柔。

六四接近九五，際是交接的意思，表示九五為了重用六四，必須多方考察其品德，時時留意六四的為人。六四的樽酒簋貳，如果是虛假的，存心做給九五看，或者有意隱瞞九五的耳目，那就咎由自取。身陷險厄，也沒有人救得了。若是真心誠意，誠樸儉約，發揚仕而優則學的精神。即使處在這樣伴君如伴虎的特殊情況，也會无咎。

習坎 ䷜ **六四，樽酒，簋貳，用缶，納約自牖，終无咎。**

自奉儉約，過著簡樸的生活，專心學習和做事。一方面可以安上級的心，認為這樣的人，具有仕而優則學的良好素養，值得信任，有機會可以重用。一方面則作為部屬的好榜樣。使遭遇學習瓶頸，掉入倦怠期的六三，能夠自我警惕而自己覺醒，不要急，卻不能從此放鬆，不再努力學習。

簡樸儉約的生活，有助於專心向學。

五、九五不自滿才能夠无咎

習坎（☵）九五爻辭：坎不盈，衹既平，无咎。

盈是滿的意思，坎不盈，指九五位居坎上之中，又是陽爻居陽位。既中且正，可以說是坎上的中流，當然不至於積滿而造成氾濫。衹和坻相通，指的是小丘。意思是九五不驕傲自大，即使有小的阻礙，也容易化解，所以无咎。

九五的權勢，原本可以排除萬難。卻由於上六和六四都是陰爻居陰位，九五夾在兩個當位的陰爻中間，並未脫離險難。除非胸懷寬大，容納不同見解或主張，依求同存異的原則，來剷平小丘陵，否則當然有過失。

象說：坎不盈，中未大也。

按理說，九五既中且正，當然可以實現除患安民的理想。但是九二只能求小得，和九五不相應，不能提供強有力的協助。儘管九五有理想也有魄力，卻缺乏得力的幹部，以致心有餘而力不足。由於中未大，所以只能无咎，而難以安全脫離險厄。若是不顧實際情況，不滿意未大，卻放手要做大，那就是專橫自大；反而難以保持无咎。

九五之尊，在大家的印象當中，似乎是位高權重，可以毫無顧慮地為所欲為。實際上並不是這樣，必須重視當時的內外環境，只能為所應為，不應該為所欲為。

當然，喜歡為所欲為，恐怕也很少有人出面勸阻或制止。結果自作自受，必須承擔所有的惡果，推也推不掉。人生的每一階段，都需要學習。活到老必須學到老，即使位尊勢大，也應該學習自處之道，才能吉祥順利。

習坎 ䷜

九五，坎不盈，祇既平，无咎。

水溝小，容易滿，所以說器小易盈。學問不夠充實，很容易驕傲自大。能夠不滿的，必然是大河流或者無邊的海洋。一個人器度大，胸襟廣，能容納不同的意見。遇到小丘陵一般的小人，也無法產生什麼阻礙。若是專橫自大，目中無人，有時小小障礙，反而造成大災難。

大人不責小人過，提防著就好。

六、上六險難中守不住道義

習坎（䷜）上六爻辭：係用徽纆，寘於叢棘，三歲不得，凶。

上六居坎上的究位，也是全卦的終極。一個人挺而走險，初六時尚屬初犯，可能出於無知，情有可原。現在到了上六，還在犯法，當然是明知故犯，罪加一等。徽和纆都是繩索。用三股麻條搓成的，叫做徽，可以說是粗繩。以兩股麻條搓成的，叫纆，也就是細繩。係和繫相通，寘和置相同，叢棘則是牢獄的別名。係用徽纆，表示用繩索將犯罪的人縛起來。寘於叢棘，便是把犯人關在牢獄裡。古人有一種規矩，就是犯人關了三年，還不能獲得釋放，便要殺頭。三歲不得，意指三年還不得出獄，真是凶了。

上六以陰爻居陰位，是當位，為什麼這樣凶呢？警示我們，人生的道路，充滿了險阻。我們學習坎卦，一方要想辦法脱險，一方也應該設法用險，以供人類使用。現在上六位於九五之上，陰爻乘陵在下的陽爻，顯然是逆而劣的表現。不但不能體會九五的困難，從旁加以協助。反而知法犯法，當然要坐牢。然而，這又是什麼原因呢？

象說：上六失道，凶三歲也。

上六當位，卻知法犯法。不把法當做一回事，有失正道。三即是終的意思，凶三歲表示終身都凶。

精於游泳的人，藝高人膽大，常常死於水。依此類推，精於刀者死於刀，精於槍者死於槍。大意失荊州，陰溝裡翻船，都是形容上六以陰柔之質，處極險之地。自己無力脱離，又得不到六三的相應，所以失道而凶。

習坎 ䷜ **上六，係用徽纆，寘於叢棘，三歲不得，凶。**

易經中表示時間較為長久的，多用三或十。三有終的意思，十為十年。一個人經歷各種艱難險阻，按理說應該很容易避險、脫險。若是人已出險，卻知法犯法，敢於重犯。當然難逃法網，被判終身監禁，甚至於處死。為全卦最凶的一爻，對知識份子玩法犯法，具有警惕作用。

知法犯法，罪加一等。

我們的建議

1初入社會，總是滿腔熱血。只看到水面平靜，看不見水底的漩渦。自負、輕率、鋒芒畢露，成為常見的通病。初六有難以自拔的凶象，最好避免不自量力，以免有失處險之道。轉而憤世嫉俗，迷失了應有的方向。

2吃了苦頭，獲得教訓，若是不貪心求大得。腳踏實地，但求小得，時時有進步。九二小心謹慎，又能積小成大，從中學習持經達變的因應方式，自然沒有過失。

3現代的風氣，是巧取豪奪。如果能夠對人忠實，對事負責，反而物稀為貴。倘若因此獲得賞識，最好記取六三的教訓，務必堅持原有的精神。切勿得意忘形，陷險益深而對忠實負責喪失信心。同流合污，終久勞而无功。

4若能堅持忠實負責，誠信待人。還要自我警惕，十目所視，十手所指。盡量簡樸儉約，低調行事，卻處處憑良心、立功心，使上級安心。即如六四那樣，終无咎。

5再獲得精進，位高權重。知道不驕傲也不專斷，廣納各方意見，求同存異。凡事但求合理，不分黨派。自然擁有各方面的助力，雖遇險阻，也如九五般无咎。

6人生最不幸的，應該是晚節不保。歷經各種苦難，練得一身本事，卻知法犯法，簡直就是玩法。當然罪加一等，人人共憤。上六凶三歲，終其餘生不獲赦免，實在是最好的警惕。

第三章　卦中真的還有卦嗎？

過份重視經典的地位，
其實並不是好現象。
把經文看成固定不變，
違反了易經的根本精神。
卦中有卦，象外也有象。
不妨增加更多的想像空間。
現代人喜歡模擬，虛擬。
對易學發展有很大助益。
只要合理，都可以提供參考。
各人自行判斷，也自己做抉擇。
反正自作自受，誰也推卸不了責任。
不可不變，也不可亂變，合理便好。

一、卦中有卦而且象外有象

宇宙萬事萬物，僅僅用六十四卦來代表，恐怕有所遺漏。何況每一個卦都只有一種卦象，表示一種固定的狀態，也不合乎易經的變化精神。因此卦中有卦，每一卦都能夠演化成好幾個卦象，以涵蓋無窮的宇宙萬物。於是互體、半象和大象，便引起大家的興趣，符合象外生象的需求。

互體的意思，是由一個六爻卦的二三四爻、或三四五爻，交互錯列而成。譬如習坎（䷜），九二、六三、六四三爻，呈現震（☳）象，稱為下互震。六三、六四、九五三爻，呈現艮（☶）象，叫做上互艮。由於這種潛在於卦體中的卦象，是以上下卦之間的爻，交互錯列所合成，所以稱為互體卦。解釋卦象的含義，可以和原卦象合併想像。

半象的意思，是指一個六爻卦或三爻卦中，相鄰近的兩爻所呈現的象。由於三爻成卦，六爻也成卦。現在只有兩爻，不能代表完整的卦象，所以稱為半象。譬如坎（☵）的上半，其象為⚎，可看成兌（☱）的半象。下半的象為⚍，也可以看做巽（☴）的半象。表示尚未完成，正在發展中的象。巽（☴）和兌（☱），都可視為坎（☵）的半象。

至於大象，凡是一卦之中，依三畫以上相似形態所取的卦象或互體，都稱為大象。譬如復卦（䷗）臨卦（䷒），都含有震（☳）象，叫做大震。豐卦（䷶）的二至五爻互體，呈現坎（☵）象，稱為大坎。損卦（䷨）的二至五爻互體，呈現離（☲）象，便是大離。一卦之中，有好幾爻合在一起，大體上看起來，呈現什麼卦象，都屬於大象。

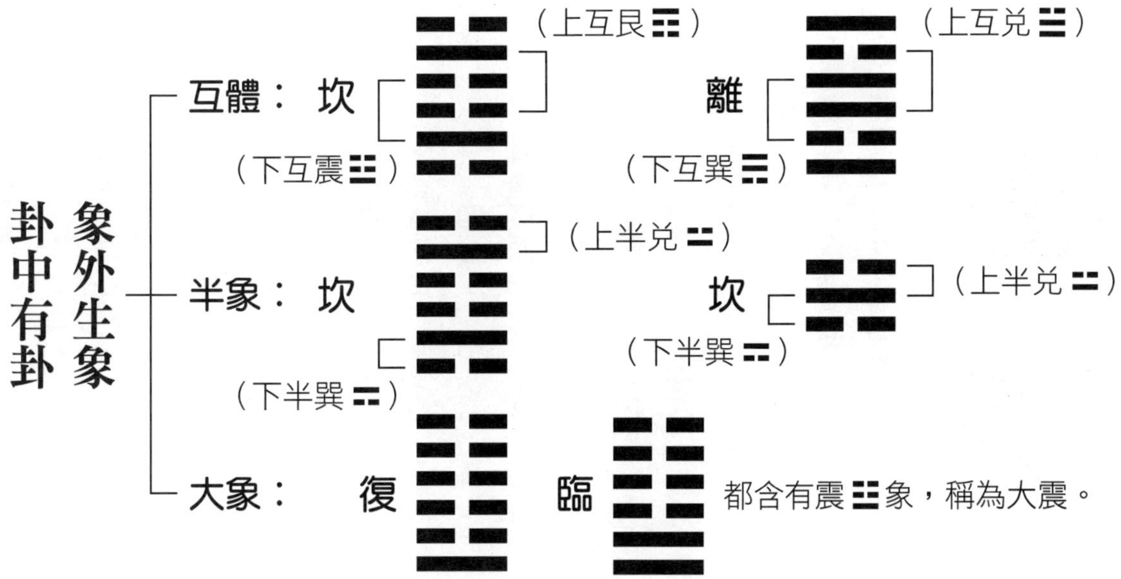
象外生象
卦中有卦
互體：坎
（上互艮☶）
（下互震☳）
離
（上互兌☱）
（下互巽☴）
半象：坎
（上半兌☱）
（下半巽☴）
坎
（上半兌☱）
（下半巽☴）
大象：復
臨
都含有震☳象，稱為大震。

二、互體象徵內涵潛在能量

每一卦六爻，如果以這一卦的二、三、四爻為下卦，以三、四、五爻為上卦，可以組合成為另外一個卦，稱為互體卦。表示由上卦和下卦的二、五兩個中爻為界限，連同兩個中爻之間的三、四兩爻，交互錯列所形成的內涵卦。用來象徵這一卦呈顯的現象中，內涵著另外一種現象。這種內涵的潛在能量，對於原有的現象，有密切的關係。有時能夠支持原有現象，有時則產生阻礙或變更的力量。

就習坎（䷜）來說，上互為艮（☶），下互為震（☳），形成震下艮上的頤卦（䷚）。表示習坎除初六、上六兩爻為凶，自九二至九五，若是重視養正，應該可以無咎。二、三、四互震，初六當然難以自拔，有入於坎陷深處的危險。三、四、五互艮，有適可而止，不宜過分的警戒。六四誠信，九五不驕，都能无咎。上六明知故犯，陷險而凶。

乾（䷀）、坤（䷁）是純陽、純陰，所以沒有互體。也可以說互體也是乾、坤，表現出純陽、純陰的特性。夬（䷪）、剝（䷖）、復（䷗）、姤（䷫）四卦，上互和下互一樣。其中夬卦和姤卦近乎純乾，剝卦和復卦近乎純坤，也沒有互體。既濟（䷾）的上互為離（☲），下互為坎（☵），成為未濟（䷿）。反過來看，未濟（䷿）的上互為坎（☵）下互為離（☲），又形成既濟（䷾）。可見既濟之中含有未濟，而未濟之中隱含著既濟，十分值得我們用心玩味。

上互、下互可以分開來看，也可以合起來想。和大宇宙、小宇宙重重疊疊，情況很相似，更豐富了卦的內涵。

互體

- 乾䷀坤䷁的上互下互，都是純陽或純陰。
- 夬䷪姤䷫的上互下互相同，近乎乾。
- 剝䷖復䷗的上互下互相同，近乎坤。
- 既濟䷾未濟䷿的互體，剛好成為䷿未濟䷾既濟。

三、初爻上爻也能納入互體

坎（䷜）卦的初至三爻，我們稱為原內卦，是坎（☵）。四至上爻，稱為原外卦，也是坎（☵）。因此叫做習坎（䷜），表示坎上坎下重複的意思。實際上是原卦的上卦（外卦）和下卦（內卦），當然不能看成互體，沒有互的作用。

但是初至四爻，可以分成初、二、三和二、三、四兩部分。初、二、三呈現坎（☵）卦，而二、三、四則呈現震（☳）卦，合起來成為震上坎下的解（䷧）卦。由於初至四爻當中，二、三兩爻分屬於初、二、三和二、三、四的交互部分，因此稱為互體卦。坎的初至四，其互體卦為解。

初至五爻，也可以互體。初、二、三還是坎（☵）卦。三、四、五則成為艮（☶）卦。初至五的互體，形成蒙（䷃）卦。

把二至四爻提出來，二、三、四呈現震（☳）卦。我們同樣可以說坎（䷜）的二爻、三爻、四爻的互體為震。

二至五爻，若是分成二、三、四和三、四、五兩部分。二、三、四成為震（☳）卦，三、四、五呈現艮（☶）卦。所交互而成的互體，便成震下艮上的頤（䷚）卦。

再看二至上爻，二、三、四為震（☳），四、五、上為坎（☵），形成震下坎上的屯（䷂）卦，表示不畏危難的樣子。

三至五爻，還是艮（☶）卦，也可以算是互體。

三至上爻，成為坎（☵）上艮（☶）下的蹇（ㄐㄧㄢˇ）卦（䷦）。

這樣算起來，除了原卦象坎（䷜），內卦坎（☵）、外卦坎（☵）以外，出現解（䷧）、蒙（䷃）、震（☳）、頤（䷚）、屯（䷂）、艮（☶）、蹇（ㄐㄧㄢˇ）（䷦）七個互體，更加豐富了每一卦的內涵。

以豐卦為例，來看：

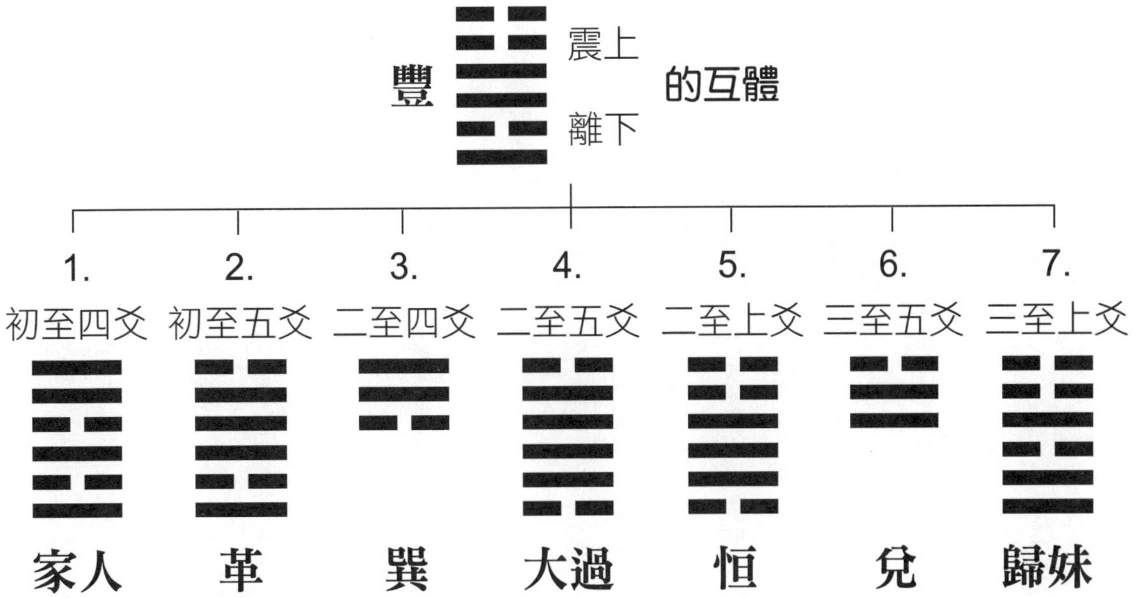
豐
震上
離下
的互體
1.
初至四爻
家人
2.
初至五爻
革
3.
二至四爻
巽
4.
二至五爻
大過
5.
二至上爻
恒
6.
三至五爻
兌
7.
三至上爻
歸妹

四、半象未成形正趨於成象

半象是兩個爻所造成的象，還沒有達到三個爻的最低標準。尚未構成完整的象，所以稱為半象。三分之二，只能稱半。符合行百里者半九十的原則，堪稱合理。

乾（☰）卦三爻皆陽，但初九和九二這兩爻（⚌），可以看做兌（☱）的內半象，也可以看成巽（☴）的外半象。同樣的道理，九二和九三兩爻，也含有兌與巽兩個半象。

為什麼不看成乾（☰）的內半象或外半象呢？既然可以想像在兩個陽爻（⚌）之外或內加上一個陰爻（⚋），是不是也可以想像加上另一個陽爻（⚊）呢？因為乾是純陽卦，兩個陽爻重疊在一起，已經是老陽（⚌），表示陽性發展到極盛，就會陽極成陰，變出陰爻來。兌（☱）和巽（☴）都是多陽的陰卦（陰卦多陽，陽卦多陰），表示乾陽之內，隱含著兌、巽的陰柔在內。

我們以乾（䷀）卦的初九爻為例，把初九和九二看成巽（☴）的外半象，這時候乾卦的大象，便成為姤（䷫）卦，有助於我們深入瞭解潛龍勿用的爻辭。把九二和九三看成巽（☴）的外半象，大象就成為同人（䷌）卦，初至三爻有離（☲）的象，離是光明的代表，所以乾卦的九二爻辭：見龍在田。見就是現，有良好表現，引起眾人共睹，前途十分光明。半象對解說爻辭，有很大的幫助。

坤（☷）為純陰，其內半象為艮（☶），外半象為震（☳），都是多陰的陽卦，合乎陰極成陽的原則。

陽中有陰，陰中有陽。陽剛中含有陰柔，陰柔中也含有陽剛。好像男人有女性的荷爾蒙，女人也有男性荷爾蒙。

半象

- 老陽（⚌）的半象
  - 外半象為巽（☴）
  - 內半象為兌（☱）
- 老陰（⚏）的半象
  - 外半象為震（☳）
  - 內半象為艮（☶）

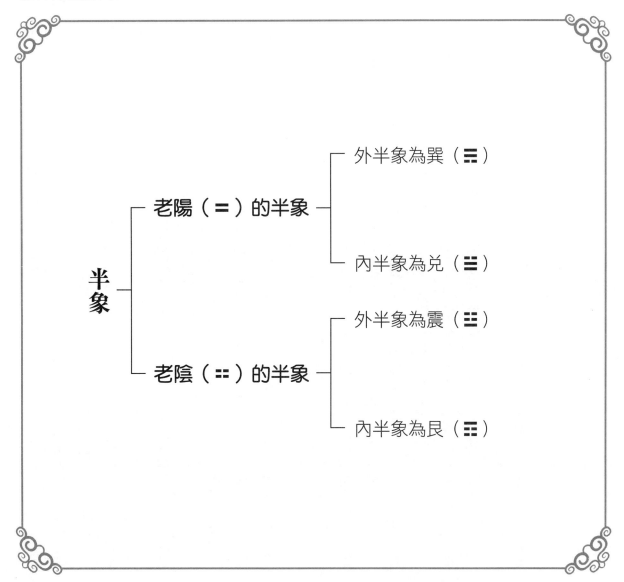

五、大象以相似形態來取象

乾（䷀）卦的初九和九二，如果看成巽（☴）的外半象，相當於在初九之下，又加上一個陰爻，那不成了七畫卦嗎？我們把原有的六爻，看成五爻，加上一個初六爻，仍然保持六畫卦的卦象，不就成為姤卦（䷫）？這種觀象的方式，把三畫以上相似形態所取的卦象或互體，稱為大象。

譬如復（䷗）卦，可以看出震（☳）的大象。臨（䷒）卦也有大震（☳）的象，每兩爻看成一爻，有相當的依據。

頤（䷚）卦含有離（☲）的大象，中孚（䷼）卦也有大離（☲）的象。姤（䷫）卦和遯（䷠）卦，有大巽（☴）的象。而剝（䷖）卦和觀（䷓）卦，也含有大艮（☶）的象。依照六爻之中，陰爻和陽爻的比例，看出陰多陽少或陰少陽多的卦象。

同理，大坎（☵）的象出現在大過（䷛）卦和小過（䷽）卦。其中大過（䷛）卦陰少陽多，而小過（䷽）陰多陽少，這又怎麼說呢？因為大過（䷛）的初六和上六，很明顯是陰爻，而九二、九三、九四、九五的大象，可以看成一個陽爻，所以看出坎（☵）的大象，相當合理。由於具有相當大的解釋空間，以致有人批評為象外生象，根本就是穿鑿附會。

互體、半象和大象，使卦象產生更多的變化。固然有助於爻辭的解說，卻也因為彈性太多，以致招來「怎麼解釋都有道理，叫人聽從哪一種」的疑慮和困惑。其實，真正的問題，就出在「聽從」上面。一切自作自受，自己必須對自己的決定，負起全部的責任。要怎麼解說，理應由自己決定，為什麼要聽從呢？把各種解說都當做參考，自己領悟更好。

大象

- 復 ䷗ 臨 ䷒ 有大震 ☳ 的象。
- 頤 ䷚ 中孚 ䷼ 有離 ☲ 的大象。
- 姤 ䷫ 遯 ䷠ 有巽 ☴ 的大象。
- 剝 ䷖ 觀 ䷓ 有大艮 ☶ 的象。
- 大過 ䷛ 小過 ䷽ 有大坎 ☵ 的象。
- 夬 ䷪ 大壯 ䷡ 有兌 ☱ 的大象。

六、卦象提供廣大想像空間

易經開始於伏羲氏時代，那時候還沒有文字。以簡單、美麗、整齊的符號，畫出卦來。一畫開天之後，立即產生陰（⚋）、陽（⚊）的對待。大家畫來畫去，各種花樣都有。後來逐漸取得共識，以三畫卦為準，產生迄今通用的八卦。有了這八個基本卦，大家更加有興趣，也更為熱烈地廣泛加以應用。很可能六十四卦，不需要多久便出現了。至少在周文王以前，夏、商兩個朝代，就有六十四卦的運用。夏代的連山，商代的歸藏，雖然已經失傳。周禮上仍然記載：「太卜掌三易之法，一曰連山，二曰歸藏，三曰周易。」連山易以艮卦為首，倡導始終一貫，所以夏朝最重視忠的精神。歸藏易以坤卦居首，倡導安貞厚德、樸實無華，因此殷商重視實質的增強。到了周代，以乾卦為首，而乾、坤並列。夏、商、周三代，為了適應當時的生態環境，各自提出合理的解說。我們把重卦的功勞，歸於周文王，是一種尊敬的表示。因為周易流傳迄今，一直受到大家的歡迎。而孔子作十翼，實際上也不完全是事實。但是孔子為易學承先啟後最為重要的關鍵人物，使易學邁入哲理的新領域，我們對孔子特別表示尊崇，也是應該的。

自古以來，在中國社會想出人頭地，就非常困難。我們又重視謙德，不敢居功。經常把自己的創見，加添在老師的身上。這種重視師承的風氣，使得歷史上的偉大人物，顯得格外偉大。由於好不容易有這麼多學生把成績加在老師身上，所以有大成就的老師，為數不多。

易的創作與演變

- **創作** — 伏羲氏畫卦，也許是集體創作。
- **演變**
  - 神農氏做連山易，夏代很推崇。
  - 黃帝作歸藏易，商代很盛行。
  - 周文王祖述堯、舜，特重乾、坤，稱為周易。
- **解說**
  - 孔子為易經作傳，稱為十翼，很可能是集體創作。
  - 王弼（魏晉之間）掃象，導致漢、宋之爭。
  - 各種解說，不一而足。參考就好，自己判斷。

我們的建議

1 易學最重要的功能，在探究宇宙間變易的法則。我們人類，生存在宇宙之中，對於宇宙間不易的法則，當然有必要充分理解。既然有變易，必然有不易。明白不易的法則，才能夠掌握未來變易的道理，而預先做好準備。

2 六十四卦，顯示六十四種不一樣的時（時間）位（空間）配合。每一卦六爻，總共三百八十四爻，表示卦中的各種變化。但是以此為限，能不能包容宇宙萬事萬物的現象？大家不免存有疑慮，也產生種種困惑。

3 我們用互體、半象、大象，來增加卦象的變化，豐富卦爻的內容。不但增進卦象的彈性，而且對於卦辭、爻辭的解說，提供更多的參考資料，方便我們的想像。

4 易學的內容，為什麼能夠無所不包？主要原因，在於所用的詞句，大多隱晦難明。一方面固然由於客觀環境的限制，使周文王不敢明言。一方面也是為了提供更廣大的想像空間，以期符合各種不斷出現的新變數。

5 卦中有卦，象外有象，特別是當今電腦通用的時代，大家更容易做出各種模擬，甚至於虛擬，來加以理解。不可不變，但是千萬不能亂變，合理就好。

6 繫辭上傳說：君子所樂有玩者，爻之辭也。又說學習易經的君子，不妨觀其象而玩其辭。我們最好抱持這樣的心態，觀象玩辭，多加領悟，保証樂在其中。

第四章 我們從坎水學到了什麼？

有天地，然後才有水。
天地是水的根本，不能忘記。
只有水，人類也活不了。
其他資源，都十分重要。
我們既不能忘本，
也應該與萬物和合相處。
男女由生物性的媾合，
提升為文化性的倫理。
從家庭的和樂，擴展為社會的和諧。
和合是中華文化的主要特性。
我們不但可以把水當做學習對象。
而且能夠和水一樣生活和發展。

一、沒有天地就不可能有水

單憑我們的眼睛，便能夠看出：水和人一樣，生於天地之間。若是沒有天地，沒有人，同樣也沒有水。

坎為水，表現出陽入陰中（☵），內剛外柔的象。每逢大雨，我們看到雨水從天上降落下來，流入溝中，匯集成河，最後流入海中。大部分活動，都在地面上，或滲入地面下。天地合作，才有我們所看到的水。地當中動（☵），看起來很柔，其中則包含陽剛，所以滴水可以穿石。

我們常說「知者樂水，仁者樂山」，把水的外柔內剛，看成善於隱藏，以備長久使用。大智若愚，更是我們常見的情況。藏起來叫「智」，現出來的則是「仁」。外柔是「仁」的表現，內剛便是「智」的堅持。老子說：「上善若水。」仁智俱至，當然是「上善」。大學說：「在止於至善。」也就是向水學習，仁智具備，內方外圓，凡事水到渠成，具有水滴石穿的力量，看起來卻是水波不興的樣子。西方人愛表現，稍有能力就要表現出來。毫無隱藏的能力，只好要求一切公開，最好透明化。喜歡說出自己的秘密，居然主張隱私權。我們明白「深藏不露」的道理，知道天外有天，人上有人。非到必要，絕不輕易表現。平日言談，以「張家長，李家短」為主，很少談到自己，根本用不著什麼隱私權。我們向天地學習，也向天地所造成的水學習。我們看到水，就會想起天地。喝水時口中唸「謝天謝地」，實在十分有趣。謝水是迷信，謝天謝地便不是，這是為什麼？值得我們好好想想。

坎為水 ☵

意義：一陽陷入二陰，相當危險，趕快動腦筋。
我們很喜歡動腦筋，卻又不喜歡表現出來。

形象：外二陰很柔，內一陽很剛，外柔內剛。
我們外圓內方，很隨和，卻十分堅持原則。

象徵：外柔為仁，內剛為智，以內藏的智代表水。
我們喜歡深藏不露，不隨便表現，以避免不利。

推想：沒有天（⚊）地（⚋），就沒有水（☵）。
我們喝水時，口中謝天謝地。

二、光有水天地也是沒有用

天地之間，如果只有人和水，可以解渴，卻難以生存。我們常說天地慈悲，便是既然生下人，除了水以外，還提供很多資源，使人類得以順利生存發展，來完成「贊天地之化育」的神聖任務。天地只能創造萬物，讓萬物各自演化。卻把統整、協調、改善的重責大任，交給人類。

生物學家指出：只有維持物種多樣化，才能生生不息。天地萬物，即是多元、多樣的表現。除了水以外，所有資源，都由天地生成，卻多采多姿，各有不同形體和功能。然而在這個多采多姿的世界，一切千變萬化，卻擁有一個永遠不變的「道」。我們特別把它叫做「易」，所以繫辭下傳說：「乾坤，其易之門邪（ㄧㄝˊ）？乾，陽物也；坤，陰物也。陰陽合德而剛柔有體，以體天地之撰（ㄓㄨㄢˋ），以通神明之德。」意思說：乾坤是易道的兩扇門戶，陰陽對待，交合而得雷（☳）、風（☴）、水（☵）、火（☲）、山（☶）、澤（☱）等資源，依據神明之德，也就是自然造化的原則，來化育萬物。多元互動，才顯得多采多姿，而生生不息。

然而繫辭下傳卻說：天下之動，貞夫一者也。意思是天下萬事萬物，看起來變動不居。但是所有的變化，背後有一個一致的法則。那就是乾剛，陰柔的互動，所以說：一陰一陽之謂道。人類的生活方式，可以千變萬化，而正常合理的生活法則，必須共同遵守。水一入口，攸（ㄧㄡ）關我們的生老病死，便是除水之外，還有很多其它因素，會產生各種互動，共同影響到人類的生活，非多方照顧不可。

道生一（太極）→ **一生二**（陰、陽）→ **二生三**（陰、陽和陰陽互動）→ **三生萬物**（天下萬事萬物，都起於陰、陽和兩者的變化）→ **最後復歸於一**

所以伏羲畫三爻卦，
便重為六爻，
以六十四為極數。

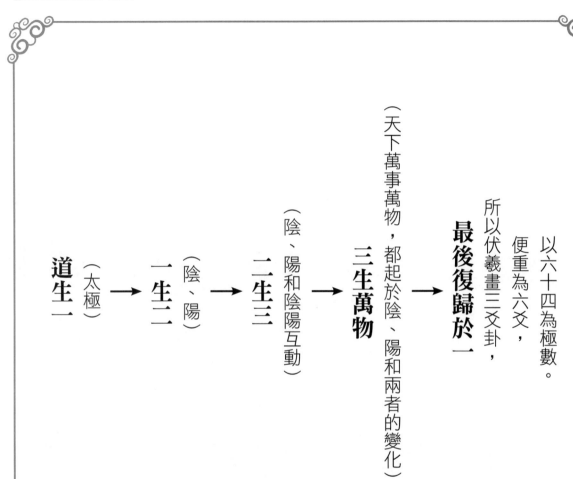

三、天地父母是我們的根本

動物知道雌雄交合，以延續後代。人類若是按照坎（☵）卦的形象，男女合為一體，藉由男女媾精，以生男育女。和動物有什麼不同？憑什麼叫做萬物之靈？

倘若男女僅僅為了性衝動而媾合，性慾滿足後，就各分東西，不再留戀。女人懷孕生子後，自行撫養，那個有關係的男人不知去向，也不互相尋找。這樣的男女關係，分明是野合。現代卻美其名為一夜情，完全是生物性的概念。中華民族，至少從黃帝開始，便主張把生物性的媾合，提升為文化性的結合。將這種生物性的基礎或本能，用文化遮掩起來，不表現於外。孟子有一次從外面回到家中，看見妻子衣服不整，露出一截肩臂，便很不高興。現代社會，受到西方的影響，竟然在眾人面公開表示性愛行動。到底是進步還是退步，實在值得我們深思。

更重要的，我們把家人的親情，提高為倫理。結婚那一天，在婚禮台前，一對新人左右並列。一拜天地，二拜祖先，三拜高堂（父母）然後夫妻互拜。因為天地是我們的根，沒有天地，根本就不會出現人類。祖先和高堂代表我們的本，要結婚，先向本家的代表叩頭，以表示尊敬和承續家風，接受家教的誠意。夫妻互拜，表示從此以後，雙方都要堅守合理的貞操，共同防止第三者的介入，以確保婚姻，白頭偕老。看到坎（☵）象，只想起媾合。實在不如坎水的細水長流，永遠堅定流向大海的目標，所顯現不折不撓的持久精神。對婚姻和家庭，產生更為深遠的影響。

坎水與婚姻 ☵

- **生物性反應**：看到坎（☵）象，只想到男女媾合。
  與一般動物，實在沒有兩樣。
  一夜情，即是不負責任。
- **文化性設想**：把生物性媾合，用文化性包裝起來。
  不公開表示性愛行為，包括在街道中接吻。
  結婚典禮中，一拜天地，二拜祖先，三拜高堂。
  提醒新郎新娘，不可忘本。

  ↓
- **倫理性對待**：夫婦同權不同質，互相協助，彼此負責，
  共同完成家族生生不息的使命。

四、萬物都是同一天地所生

華僑遍佈世界各地，在僑居地住過一段時間，就會在事業上和人情往還上，交一些本地的朋友。我們依據坎（☵）象，明白陸地會分開，大分為亞洲、歐洲、美洲、非洲、大洋洲。而水卻是全球互聯，不分彼此。因此產生「四海之內，皆兄弟也」的思維。和其中交情較深的，結為異國兄弟。我們以「水過地皮濕」來形容這種自然發展的情勢，並以「水乳交融」來譬喻異國兄弟也能夠十分投合。

論語陽貨篇記載孔子所說：「天何言哉？四時行焉，萬物生焉，天何言哉！」明白否定天是超自然的上帝，卻十分明確地告訴我們：天是自然界最高的存在。四時運行，萬物生長，都是天道運行，自然產生的成果。

世間的一切，都是天地所生。天道生人生物，是自然的過程。但是在生人的時候，特別賦予德性，這就是人的天命。相當於天給人一道特殊的命令，必須重視品德修養。孔子看到坎（☵）象，立即想起「逝者如斯乎，不舍晝夜」。認為人的壽命有限，歲月卻有如流水，日夜不停地流動，應該把握寶貴的時間，努力進德修業。孔子釣魚時，不一網打盡。打獵時，不射殺歸巢的鳥。他的關懷，並不限於人，卻能夠推廣到自然界所有的生命。現代人極力展現「人力征服自然」，導致環境受到破壞，資源大量浪費，水源遭受污染，是不是不明白萬物都是同一天地所生，應該彼此互相尊重和愛護的道理？還是一味強調「人定勝天」，一定要把老天爺氣得引起大自然的反撲呢？

萬物同一本源

- 宇宙萬物，都是天（⚊）地（⚋）所生。
- 天地是萬物的共同的本源
- 天地造人，給予一個特殊的使命，稱為天命。
- 人類的天命，便是重視品德修養。
- 釣魚時，網開一面。打獵時，不射殺回巢的鳥。
- 對人關懷，必須推廣到對自然界的關懷。
- 人定固然可以勝天，必須維持合理的界限。
- 如果不自覺，不自制，大自然也必然反撲！

五、宇宙萬物都應該求和合

乾（䷀）卦彖傳，指出「保合太和」「萬國咸寧」的精神和結果。太和是宇宙最高的和，由家和萬事興，發展到國際間的和平相處，還要進一步和宇宙萬物和平共存。孔子不但提倡人與人互相關懷，而且主張人與自然和諧相處，以獲得人生的樂趣。乾（䷀）卦的爻辭中，初九和九二兩爻，屬於地道。九五和上九兩爻，屬於天道。天道和地道這四爻，既沒有「凶」，也沒有「咎」。只有九三、九四這兩爻，屬於人道。九三爻辭：君子終日乾乾，夕惕若厲，无咎。九四爻辭：或躍在淵，无咎。人道兩爻，都有无咎的字樣。表示天道、地道都十分自然，只有人類有分別心，有妄念，最不明白，也最不能配合自然的運行。動、植、礦物，都依據本能或本性而生存。只有人類，具有創造性和自主性，原本是用以輔助天地的，反而成了天地間的搗亂者，實在是十分無奈的現象。九三、九四的爻辭，提醒我們，最好不要「不三不四」、「老三老四」或者「顛三倒四」以免「萬物之靈」變成「萬物之賊」。不但喪失「贊天地之化育」的功能，而且成為破壞天地萬物的劊子手。「保合太和」的合和，即為和合。宇宙萬物各有差異，難免衝突，所以需要透過陰陽、剛柔的交互作用，促使其和合。易經的和合精神，既是宇宙的，自然的，也是道德的，成為天、人、地三才，也就是天人合一的主要依據。可以達到人和而天和，人合而天合，人樂而天樂的最高和合境界。對現代人類來說，顯得特別重要。

衝突 →	**和合**
宇宙萬物，各有差異， 難免引起衝突。 人類加強衝突， 即為萬物之賊。 動物自相殘殺， 實際上有一定限度。 動植物衝突， 順乎自然法則。	人類的神聖天賦， 即在促成和合。 必須化解衝突， 才是萬物之靈。 人類加入殘殺行列， 很容易趕盡殺絕。 人類若不能促進和合， 就會破壞自然法則。

向水學習，體會其和合精神。

六、人類社會最好力求和諧

中華民族，最用心向水學習。水流有一定的原則，便是順勢而為，向低處流動，既自然又省力。我們待時造勢，等待形勢大好，才一舉完成所要做的事情。水流順勢，因此沒有固定的方向。我們習慣於迂迴前進，除非特殊情況，不直來直往。水流得順暢，並沒有什麼聲音。我們得到好處的時候，通常不吭聲，靜靜地享受。水遇到阻礙，流動的聲音很大。我們稍微吃一點虧，就吱吱叫，哼個不停。水很柔，卻能滴水穿石。我們相信以柔克剛，不喜歡硬碰硬。水流動時，能去除不潔淨的東西，恢復原先的純淨。我們具有反省能力，藉由不斷反省改善，以提升自己的修養。水流的途徑，十年向南，十年向北，變動不已。我們明白「十年河東，十年河西」的現象，領悟「風水輪流轉」的道理。水流日夜持續不斷，永不停息，一直到水源斷絕為止。我們終生學習，活到老學到老，永遠求上進。水能載舟，也能覆舟。我們深信得人心者昌，失人心者亡，因為成也是人，敗也是人，都離不開人心。大海容百川，我們有天下一家、世界大同的胸襟。水無言，卻做出很大貢獻。我們聽其言而觀其行，不相信人所說的話，比較重視是不是真的付諸實踐？而最要緊的，則是五湖四海的水，善於融合而不衝突，不鬥爭。我們倡導人類必須力求和諧，在安定中求進步。特別是二十一世紀的人類，更應該和平與發展兼顧並重，以四海之內皆朋友也的心態，和平共存，以分享的精神，共同發展。

水性	=	中華民族性
水流順地勢向下流動。		我們喜歡趨勢，省力又方便。
水流並沒有固定的方向。		我們習慣於迂迴，很少直來直往。
水流順暢時安靜無聲。		我們得到好處時，不張揚。
水流遇阻礙，發出很大聲音。		我們吃虧時，必高聲嚷嚷。
水很柔，卻滴水可以穿石。		我們相信以柔克剛。
水流動時，有自淨的作用。		我們有反省的能力。
水的流動途徑，常有變動。		我們知道風水輪流轉。
水流永不停，除非源頭斷絕。		我們明白終生學習的重要性。
水能載舟，也能覆舟。		得人心者昌，失人心者亡。
大海容納百川。		我們有四海一家的大肚量。
水無言，卻做出大貢獻。		我們聽其言而觀其行。

我們的建議

1 坎水不但是「學習」的模擬過程，而且可以當做「危機教育」來看待，使我們明白危機即是轉機，練習面對危機以求脱離險阻。即使陷入險陷，也能保持冷靜。對現代人需要危機處理來說，至關緊要。

2 中華民族，由於自古以來，便和黃河這條母親河，發生十分密切的關係。我們向黃河學習，致使我們的民族性，有很多和水相像的特性，非常值得大家細心體會。

3 老子説水為上善的柔性，適應性很強。我們的彈性大，善於以柔克剛。移民到世界上任何地方，都很快就能入鄉隨俗，適應得令當地人刮目相見，並交成好朋友。

4 飲水思源，是我們的美德。人不能忘本，所以常常謝天謝地，終生孝敬父母。小時後接受父母的教訓，長大後還要發揚自己的家風。心中有父母，不敢丟父母的臉。對於父母逐漸年老，一則以喜，一則以憂，幾乎成為中華民族的特性。

5 我們知道水寬魚大，為人主子必須賢明，才能獲得良臣的輔助。朋友之情，雖然水乳交融，卻也應該保持安全的距離。我們明白水清無魚的道理，任何事情都不放過，便難以容眾。

6 水來伸手，飯來張口，是懶人的標誌。無所事事，但知享受。不但大家看不起他，自己也將如逆水行舟，不進反退，很快就落伍，誰都挽救不了。

第五章　離卦六爻有哪些啟示？

初九居離下卦之下，卻妄想向上燃燒。
若是態度謹慎，心懷敬意，還能夠无咎。

六二是離卦的主爻，居中普照。
是構成文明氣象的主導力量。

九三日正當中，但很快就會西移。
看似明亮，已經不是真正的光明。

九四突如其來的高度危險，
原來是驕傲自大的不良後果。

六五軟弱，幸好平日謹守中道。
及時獲得援救，有先見之明。

上九出征，以光明滅黑暗。
象徵文明盛世，仍然需要軍備以防患。

一、初九警惕慎重以保无咎

離（☲☲）卦上離下離，表示上下通明，顯得十分美麗。離字的意義，一是光明，二為美麗，三是引申出來的附著。因為光明是附著在不發光的被燃燒物質上面，當這些被燃燒的物質燒光燃盡之後，火熄滅了，光明也看不到了。所有美麗的景色，同樣附著在光的照耀。黑暗中一切景象都看不見，當然失去了看得見的美麗。離卦的主旨，在期望大家，持續光大自己的道德與事業，對社會做出貢獻。

初九爻辭：履錯然。敬之，无咎。

初九陽居陽位，稱為當位。履是鞋子，引申為人的行為。錯然指走路的樣子比較錯亂，並不整齊。初九是聰明才智的知識份子，雖然地位卑下，卻往往急於表現自己的才能，也就是急於獲得上級的賞識。因此有時候這樣，有時候那樣，令人覺得行為錯亂，缺乏原則，也不見得穩妥。敬是敬畏，若是心中有天命，有上級，也謹記聖人的話。就算有時衝過頭，表現得過火，大家也能夠諒解，並加以包容，所以无咎。還有，只要真正合理，即使在行為上有一些不妥當，若是態度恭謹，也能无咎。

象說：履錯之敬，以辟咎也。

履錯之敬，應該是履錯而敬。初九心中有上司，也知道在外工作，不能使父母蒙羞，所以對人對事，都十分謹慎，恭敬。只是按耐不住，難免有過當的言行。初九和九四不相應，不可能幫初九講話。幸好態度恭謹，還可以避免過錯。辟就是避，能避免咎悔，實在得力於心中那一份對人對事的恭敬。

離 ䷝

初九，履錯然。敬之，无咎。

初出茅廬的年輕人，難免急於求表現，卻苦於經驗不足。這時候初九尚在地下，卻妄圖向上射出光明，有「履錯」的象，表示行為錯亂，並不恰當。但是，只要存心敬慎，心目中有父母、上級的存在，雖然有一些過失，大家也會加以諒解，所以无咎。倘若認為自己陽居陽位，是當位的剛健君子，自以為是而目中無人，那就有咎了。

錯亂的樣子，要特別謹慎。

二、六二黃離元吉得乎中道

初出茅廬，便極力討好上級，或者多方揣摩上意。請問讀書明理，又有何用？但是功力不足，經驗不豐，加上定力不夠，不可能言行都表現得恰到好處。所以心存謹慎、恭敬，才能无咎。然而，這種情況不能長久，否則便是磨練不足，體會不深，而且不堪重任，最好能有所改善。

離卦六二爻辭：黃離元吉。

黃河是中華民族的母親河，中原的土地，是黃色的。我們是黃種人，麥子、稻子成熟時也都呈現可愛誘人的黃色。黃色成為光明、尊貴、受人敬愛的顏色，為時已久。坤卦六五說「黃裳元吉」，由於六五居高位，只要穿著合適的衣裳，便可以無為而治。離卦六二，剛剛出現在場面上，衣裳不足以代表他的身分地位，必須具有真實的才能，發出離火一樣的光明，才能既當位，又居中，給大家一種文明的光彩，令眾人耳目一新，以期獲得大吉。

象說：黃離元吉，得中道也。

得的意思是附著，和離火一樣，必須有所附著，才能發出光明。六二所附著的，是中道。中為合理，道即原則、途徑、方法。有才能的人士，凡事採取合理的途徑，秉持合理的原則和方法，顯得六二居中守正，當然元吉。

做事的能力很重要，但是做人的圓通（內方外圓，有原則卻能夠因時制宜，做出合理的應變），則是做事順利的基礎。品德修養良好，是得乎中道的附著物；而得乎中道，又是黃離元吉的附著物。人人皆以修身為本，由此可見。

離 ䷝ **六二，黃離元吉。**

在大家包容、諒解、鼓勵的善意中，六二自覺責任重大，必須多學習，多體會，以充實自己。六二自己附著中道，凡事力求合理。並且為九三和初九所附著，真正成為離下的燈蕊。陰居陰位，又居下卦之中，成為離卦的主爻，是光明氣象的骨幹，十分可貴。

居中普照，是真正的光明。

三、九三日昃並非真正光明

有能力的人，堅守中道，自然受人歡迎而得以表現。這時候最好記取乾（䷀）卦九三的教訓：夕惕若厲，以求无咎。如果不能這樣，就會得意忘形。請看離（䷝）卦九三爻辭：日昃之離，不鼓缶而歌，則大耋之嗟，凶。日昃表示日已過午，逐漸西移，暗喻這種受人歡迎的情況，很快就像黃昏日落那樣。夕陽無限好，可惜近黃昏。缶是上下小，中間大的瓦器，可以當作樂器。九三、九四、六五的互體為兌（☱），也就是口。不鼓缶而歌，譬喻不和樂器配合，便隨興高歌。耋的意思是老大，大耋之嗟，表示好不容易發現有九二這樣的人才，竟然經不起考驗，到了九三便如過午之日，難免令大老感嘆，凶象已呈現了。

離卦九三，若是不能像乾卦九三那樣，高度警惕，相當於陽變為陰，那就成為噬嗑（䷔）卦，下卦為震（☳），是鼓缶的象徵。二、三、四爻為艮（☶），象徵九二所堅持的中道，到此為止。九三位居上離下離之間，表示前明將盡後明將繼，稱為日昃。老年人經驗豐富，嗟嘆好人才有如日落西山，又將經不起嚴峻考驗而報廢了，當然凶。

象說：日昃之離，何可久也？

多少年輕有為的人，稍有表現，便認為自己是不可多得的人才，而把其他的人看成毫無主張的庸材。於是多所主張，結果被採納的比例偏低，更加不服氣。終於不小忍則亂大謀，逐漸偏離中道，走向偏激、氣憤、發牢騷的邪路。這樣的情況，能拖多久呢？當然很快就沒落了。

離 ䷝ 九三，日昃之離，不鼓缶而歌，則大耋之嗟。凶。

堅守中道，普受大家的歡迎，很容易得意忘形。有如日正當中之後，很快就西移，造成夕陽無限好，可惜近黃昏的遺憾。才到九三，便不能合群，令年長者嘆息：好不容易出現一位好人才，又將要報廢了。或者年紀輕輕，便自以為是老大。不自量力，就倚老賣老。不知自己不過是離下的上爻，還有離上要加以敬重。這樣的狀態，怎能不凶呢？

日昃的象，並非真正光明。

四、九四突如其來引火焚身

一般人的習慣，到了社會上做事，如果稍有表現，便自信滿滿，沉醉於眾人口中的成就感。於是和書本斷絕關係，不再學習。不是推說工作太忙，便是說時間不夠，或者精力不足。這樣以老知識來應付現實問題，必然如離（䷝）卦九四爻辭所說：突如其來如，焚如，死如，棄如。

這些如字，接在形容詞的後面，表示某種樣子或狀況。突如其來如，便是忽然發生這樣的狀況。什麼狀況呢？好像被焚毀，死亡，被拋棄的樣子。

象說：突如其來如，无所容也。

對九三這樣光輝不再，被冷落、閒置、架空，卻不知反省，不求改善。仍然不配合內外環境，近乎剛愎自用的人，忽然間產生想像不到的狀況。不是被降調，便是自己混不下去。覺得好像無地可容，也不為人所容。

乾（䷀）卦九四或躍在淵，和離（䷝）卦的九四，都是陽居陰位，不當位。然而乾卦九四若變為陰爻，成為小畜（䷈）卦，雖然以小畜大，力量尚弱，還可以无咎。離卦九四若變為陰爻，那就成為賁(ㄅㄧˋ)（䷕）卦，必須保持中道，化各種彩色為白色。但是，離卦九四不中不正，與初九又不相應。加以位居離上離下的上卦之始，有如火上加火。離下的火性炎熱，又有上升的熱力，當然有焚如、死如、棄如的感覺。賁(ㄅㄧˋ)卦二、三、四爻為坎（☵），象徵險陷。九四又靠近六五君位，使其備受威脅，好像也有被焚毀的危險。九四這樣的狀態，不是被焚，便是自焚，所以說焚如。

離 ䷝ 九四，突如其來如，焚如，死如，棄如

光明正大的中道賢才，一方面驕傲自大，一方面受到縱容。在一片叫好的氣氛中，忽然覺得離上、離下這兩把熊熊烈火，一下子都燒到自己的身上，產生焚如，死如，棄如的恐懼。反而一不做二不休，燒向上面的六五，呈現逼宮的威勢。殊不知這麼一來，自己原來就有焚如，死如，棄如的危險性，更為增加了。

突如其來的高度危險，常常措手不及。

五、六五憂世傷時先見之明

領導者如果遇到九四這樣的亂臣賊子，而自己又是陰爻居陽位的六五。和九四的關係，竟然是陽不承陰，也就是四不承五，反而有把五焚毀的威脅。加上九四的剛猛，又非陰柔的六五所能以力清除君側。最好的辦法，便是昭告天下，或者密詔可靠的幹部，表明一切的罪過，自己都應該承擔。

所以離卦六五爻辭：出涕沱（ㄊㄨㄛˊ）若，戚嗟（ㄐㄧㄝ）若，吉。

沱若是好像大雨滂沱的樣子，領導者痛哭流涕，眼淚像大雨那樣，表現得十分憂傷。戚為悲戚，嗟（ㄐㄧㄝ）是嗟（ㄐㄧㄝ）嘆。領導者憂傷悲戚，嗟（ㄐㄧㄝ）嘆無助的樣子，常常感動勤王的志士，前來解困救難，化險為夷，所以吉。

象說：六五之吉，離王公也。

六五哭得眼淚像大雨滂沱，十分憂戚，怎麼會吉呢？因為離王公也。王指六五本身，公即上九。六五陰爻，在上九陽爻之下，有陰承陽，也就是柔承剛的好處。我們說六五承上九，所以順而善，自然吉。離還是附著的意思，離王公，指附著於六五（王）和上九（公）身上的中道，使得上九自動前來救援。若是六五不走中道，恐怕再怎麼哭泣，也感動不了上九。只要上九索性袖手旁觀，六五就不吉了。

可見六五是文明的君王，平日乘陵在下的九四，並沒有過分使其難堪，因而不致造成劣勢。大家反而看出九四的焚如，有逼宮的不義。離卦六五平日謹守中道，這時由柔（⚋）變剛（⚊），成為同人（䷌）卦，促使上九和六五相親，極力化解六五的困苦，這才化凶為吉。

離 **六五，出涕沱若，戚嗟若，吉。**

被逼宮的六五，若是平日謹守中道。目前情況雖然危急，只要肯反省，自責德行修持得不夠好。痛哭流涕，令人同情，自然有勤王之師，主動前來救援，可保順吉。倘若平日既軟弱又不守中道，大家便會袖手旁觀，看這一齣鬧劇如何收場，那就不吉了。

痛苦流涕，必須平日謹守中道。

六、上九出征以光明滅黑暗

離卦上九爻辭：王用出征，有嘉，折首，獲匪其醜，无咎。意思是上九陽剛，果敢有為。為了勤王而出征，大獲全勝，殺元凶，恢復太平基業，所以无咎。

上九爻動，即成為豐（䷶）卦，震上離下。上震象徵出征的動象。為六五所用，所以說王用出征。有嘉是受到嘉獎，表示獲得勝利。折首是斬殺元凶，九四果然無處可逃。匪是不的意思，醜指同類。獲匪其醜是不捕獲其附從的同類，有殺一警百，不濫殺無辜的意思。由於令人信服，上九並未趁機造反，所以无咎。

象說：王用出征，以正邦也。

豐（䷶）卦離下震上，象徵震動必須明察事理。上九為什麼動？因為自己明察事理，應該出兵救援六五。然而上九以陽剛的才能而居明極（離上的究位）的位置，六五知道上九陽剛有為，加上明極能辨別是非，實在是主持征戰的最佳人選，可見六五也是明智的文明君主。

六五請上九出征，是為了以光明滅黑暗，求得安邦定國。處文明之世，仍然需要適當的軍備，做適時的征討。但必須正而柔，有光明正大的目標，採取懷柔的政策。能收服的便收服，真正為非作歹的，則斬殺不赦，才能无咎。若是經常掉眼淚以搏得同情，那就必然有咎。

上九附著於六五，如果發揮影響力，促使九四也同樣附著於六五。這樣離上以六五為燈蕊，上九和九四都發出光明，和離下內外皆明，照耀四方，豈不是一片光明？

離 ䷝

上九，王用出征，有嘉折首，獲匪其醜，无咎。

上九是大老，看見六五這位老大，由於軟弱無力，備受九四的威脅，有逼宮的樣子。想到六五平日謹守中道，不失為光明的君主，因而出兵救援。殺元兇，而不及其同黨。以光明消滅黑暗，自己並不趁機奪位，當然无咎。倘若六五平日軟弱，也不謹守中道，只是緊急時痛哭流涕以搏取同情。上九不肯出征，那就有咎了。

以光明消滅黑暗，文明盛世仍然需要軍備。

我們的建議

1 在社會上做人，首先要把握正確的方向，做好自己。養成恭敬、謹慎、勤勞的好習慣，即使偶而犯錯，大家也能夠諒解。若是不尊重別人，就不要希望別人耐心包容。

2 第二階段，已經浮出檯面，不再是新人。這時候要自覺：懂得心理不過是找到一堆學理，熟悉人情才能做出正確的判斷。口碑良好才算是情理通達。若是口碑不佳，就要再下苦工，力求改善。務求廣結善緣，發揮最大的參考力。

3 參考力和影響力不同，必須是柔性的，使人自動當做參考，而不是強制要求，向自己看齊。有參考價值，自然受人歡迎。否則只能獨善其身，前途便不可能光明。

4 要當領袖，最好懂得個人和群眾的差異。能帶好個人，不能面對群眾，終久招來意想不到的後患，一方面要下情上達，一方面也需要上情下達。如果不能圓通地承上啟下，往往有功高震主的嫌疑，使上級不安，不利於己。

5 小領袖難當，大領袖尤其難為。過分嚴正，連副手都找不到。稍為軟弱，又經常遭受逼宮的苦惱，最好堅守中道，即使有人想造反，也會出現救援的義師，比較安全。

6 對待年邁的賢達，要敬老尊賢，必要時才能夠助自己一臂之力。老年人經驗豐富，累積起來的人脈也很廣。若是袖手旁觀，存心看好戲，豈不是求助無門，悔之晚矣！

第六章　我們從離卦學到些什麼？

品德良好，聰明才智愈高愈好。
離卦要我們明白道理，合乎中道。
工業革命開展現代科技文明。
網際網路打亂了我們的學習方式。
上經闡明天道，以坎離兩卦為終。
坎卦教人誠意，而離卦則教人明理。
二十一世紀人類瀕臨滅絕的邊緣。
主要是濫用科技，引起大自然的反撲。
天道、人道、地道三才，以人道為中心。
自天佑之，上天只佑助有心自救的人。
水愈深愈危險，火愈烈愈難受。
水深火熱有其深層意義，值得玩味。

一、聰明才智必須合乎中道

離代表個人的聰明才智，必須附著於良好的品德修養，才能為人群服務，造福社會。離（䷝）卦卦辭：利貞，亨。畜牝牛，吉。貞是堅守合理的貞操，即為中道，也就是凡事秉持合理的態度，採取合理的途徑，以達成合理的目標。一切合理化，心地光明，公正而不為私欲所左右，當然有利而亨通無阻。畜指畜養、馴服。牝牛原本就很柔順，離上離下的中爻，都是陰爻，具有坤柔的德性。同樣是牝牛，離卦的牝牛，比坤卦的牝馬，更加溫順。為什麼不說牝馬呢？因為牝馬講原則，認主人。牝牛力大負重，卻能夠對事不對人。聰明才智的人，經常為了逞強，不惜損人利己，若有牝牛的修養，自能順吉。

元亨利貞四德，離卦有其三。而且排列的順序，先利後貞，最後才是亨。因為利字當頭，才能看出聰明才智會不會見利忘義？因而爭權奪利，卻把公義擺在一邊，置之不理。面對利益，能夠堅守貞操，謹守中道。知道天理彰明，損傷他人，終必為人所毀。這種利貞的操守，當然亨通。表示聰明才智附著於良好的品德，有如牝牛一樣忍辱負重，並且能夠對事不對人。忠貞加上任重，自然萬事皆吉順。

六二黃離元吉，便是居中守正，附著於中道。六二與六五都是陰爻，並不相應。表示與上級往來，不但不存心討好，也不用心揣摩上意，奉迎拍馬。初九、九三都能夠附著於六二，以六二為燈蕊，而大放光明。離上三爻，也就是九四、六五、上九三爻，都不當位。告訴大家地位愈高，想要堅守中道，對事不對人，似乎真的愈來愈不容易。

離 ䷝ **利貞亨，畜牝牛吉。**

元亨利貞四德，離卦有其三。
先利後貞，合乎人性的弱點。
利字當頭，才能看出聰明才智是否見利忘義？
面對利益，能夠堅守貞操，謹守中道。
知道天理彰明，損傷他人，終必為人所毀。
忠貞加上牝牛一樣的忍辱負重，
所以萬事皆吉順。

二、社會文明應該適可而止

離卦對人類社會來說，是文明的發展。繫辭下傳說：「作結繩而為罔罟，以佃以漁，蓋取諸『離』。」伏羲氏發明編結繩子當做羅網，用來圍獵、捕魚，便是從離（䷝）的卦象，獲得靈感。製作出網目相連而有物附著的器具，一直持續發展，成為現代的網際網路，全世界通用。

人類文明，剛開始的時候。從嘗試錯誤入手，有如初九那樣，跌跌撞撞，由錯然而警惕敬慎，不敢偏離中道。逐漸進入六二，以工業革命來開展現代文明。尚能謹守中道，而黃離元吉。到了九三，網際網路問世，人類在快速、方便、精確之餘，虛實不分，有如日昃之離，不鼓缶而歌。又不重視網路倫理，導致大家不循正道學習，不守中道發展，凶象早已顯現。當前的科技發展，已經促使人類文明，發展到九四的地步。很多突如其來，難以預料的事情，層出不窮。甚至於科學家都提出嚴重的警告：科技像魔鬼，給人類一些好處，便回過頭來要人類的命。

現代人類的處境，正如離卦六五。為現代科技所逼，幾乎走投無路。又缺乏應付的才能，苦惱不已。雖然痛哭流涕，悲戚而嗟嘆不止。科學家幾經反省，也提出「科技發展，應該給予合理的限制」。我們是不是請求上九的王用出征，來獲得无咎呢？上九所代表的，就是東方哲學。特別是易經的道理，更需要正本清源，以化解人類的危機。用東方的哲理，來妥善安排現代科技，成為現代人類的共同需求，不必要也不可能全盤否定，有嘉折首便可以。

離䷝代表人類文明的發展。

必須妥善運用易理，合理發展科技。
現代人類為科技所逼，幾乎走投無路。
突如其來的氣候異常，各種災難，令人震驚。
網際網路問世，大家不循正道學習，不守中道發展。
工業革命開展現代文明，尚能謹守中道。
由嘗試錯誤入手，警惕敬慎，不敢偏離中道。

三、坎離配合要對生活有益

易經分上下兩部分，上經以乾、坤兩卦並列居首。以坎、離兩卦告一段落。共三十卦，主要在闡明天地造化萬物的契機。乾、坤兩卦，初爻交易而成震（☳）、巽（☴），上爻交易變成艮（☶）、兌（☱）。中爻交易就成為坎（☵）、離（☲）。這八個基本卦，便是八卦理象的中心。坎為水，位於先天八卦的西方。我們常說一江春水向東流，可見水由西向東流動。離為火，太陽從東方升起，位於先天八卦的東方。離為東，坎為西，合起來便成為我們常說的東西。因為東方日曬較長，有利於樹木的生長。西方多水，而水多的地方，金屬的蘊藏量較多。我們日常所用的器具，大多由金屬和木材製成，這也是我們說東西而不說南北的原因。我們使用東西，而選擇坐北朝南的房屋，和易經天、地、水、火的方位，具有十分密切的關係。

水、火在生活上，給我們很大的助益。而各種製造出來的金屬和木材用具，也帶給我們很多的便利。但是，隨著科技的發達，各種人造材料不斷被創造出來。其中含有危害人體，或者使用不當會產生各種毒素，製造過程污染環境的，也屢見不鮮。依據離（䷝）卦的道理，所有東西都應該附著於倫理道德上面，才能真正造福人群社會。偏偏愈相信科技的人，愈不相信倫理道德。這是教育所造成的偏頗現象，必須及早加以有效的調整。否則人類終將為科技所毀滅，已經日愈明顯，而危在眉睫。大家憑良心創造、發明、製作和使用，也就是附著於倫理道德，至關重要。

坎 ䷜ 卦教我們誠意。

離 ䷝ 卦教我們明理。

不誠意難以明理，
不明理怎能誠意？

不誠意高度危險，
不明理引火焚身。

坎離妥善配合，才能製造出好東西。

四、廿一世紀人類重大難題

廿一世紀人類瀕臨滅絕的邊緣，已經不再是危言聳聽，而是如何因應的問題。我們的重大難題，至少有六：

1 全球化首先出現在經濟領域，導致發展中國家不得不讓出部分主權，接受發達國家的貿易條款，以換取資金和技術。這種殘酷的經濟戰爭，引起激烈的反抗。造成日趨明顯的全球化與本土化抗爭，很難排解。

2 不正常的經濟發展，導致貧富兩極愈來愈懸殊，而有M型社會的現象。這種人類的恥辱，竟然被少數人視為理所當然。勢必造成社會的不安，引起各種問題。

3 科技快速發展，智慧財產權創造大量財富，同時也造成嚴重的生態危機。萬一主導者敵視和平，製造出大規模殺傷武器，後果不堪設想。和平與發展的協調，也是一大難題。恐怖主義的陰影，令人愈反愈恐，不寒而慄。

4 宗教自由導致邪教林立，正教不敵邪教，也是不爭的事實。然而沒有宗教和平便沒有世界和平，如何促使各宗教的和平共處，也是非常不容易做到的事情。

5 地球資源被浪費，自然生態被破壞、弱勢族群被欺壓、社會正義被漠視，都是十分明顯的事實。然而見利忘義，使得整個局勢，逐漸失去控制，人類不知何去何從？

6 現有的普世價值，大多由西方主導。造成今天的危機，逼使大家不得不對現有的普世價值，重新加以檢討。這又可能引發文化戰爭，在各種人類文明的艱難險阻中，增添很多意想不到的麻煩，令人憂心不已。

二十一世紀人類面臨各種難題：

1.全球化與本土化劇烈抗爭，很難排解。

2.M型社會是人類的恥辱，卻被少數人視為理所當然。

3.和平與發展難平衡，恐怖主義令人愈反愈恐。

4.宗教自由導致邪教林立，偏偏正教又敵不過邪教。

5.地球資源被浪費，自然生態被破壞，
弱勢族群被欺壓，社會正義被漠視。

6.現有普世價值，必須加以檢討，卻又可能引發文化戰爭。

五、坎離兩卦對未來的啟示

坎（䷜）卦告訴我們人生難免遭遇艱難阻礙，不能坐以待斃，必須動腦筋設法解救。求神不如求人，求人不如求己，所以人類自救，是今後惟一可行的途徑。

天道、人道、地道，合為三才之道，以人道為中心。繫辭上傳說：「自天佑之，吉无不利。」孔子指出「佑」是「助」的意思。上天所佑助的人，必定要自己爭氣，順應天道而行。倘若自己動都不動，只會等待上天保佑，或者所言所行，違背天道，上天是不可能加以佑助的。既然天助己助者，人自己必須按照坎卦的啟示，首先明白處險之道，再憑藉自己的真實本領，不能夠心存僥倖。所以坎卦教我們誠意。意誠才能心正，然後依中道求脫離險阻。

離（䷝）卦告訴我們人有聰明才智，可以贊助天地的化育。但是順應天道，就不應該驕狂自大。不幸的是，科技神速發展，造成人的狂妄，滿心以為人力可以勝天。於是天不必尊，地不必法，往昔的經驗也不必重視，古聖先賢的話也不必聽從。一意孤行，要創新，求突破；要快速，求特效。一心想征服自己、征服他人、征服高山、征服自然，卻征服不了自己的貪婪、自私、自大和吝嗇。

日月附著於天而普照，這是離卦的卦象。讓我們領悟上下通明，必須有所附著。人的聰明才智，也應該附著於倫理道德，凡事以光明正大為依歸。這樣的科技發展，才有益於人群社會。否則一切成就，到頭來不過是人類慘遭滅絕。請看今日物種，快速在世界上絕跡，便不難想像。

坎 ䷜

- 人生難免遭遇艱難險阻，必須設法解救。
- 人類瀕臨滅絕，必須由人類自救。
- 上天佑助，只助順應天道的人。
- 人類自救，必須依循天道。

離 ䷝

- 順應天道，就不應該驕傲自大。
- 現代科技神速發展，
- 不幸造成人類狂妄自大，要征服一切。
- 卻征服不了自己的貪婪、自私和吝嗇。

六、水深火熱有其深層意義

水深火熱，通常用來形容生活的痛苦。然而，真正深一層的意義，更值得我們玩味，並且引以為戒。

坎（䷜）卦初六迷惘失措，主要有三個原因：一是年輕人初入社會，對於人情世故不甚瞭解，卻自識甚高，認為只要有能力，多多表現，自然令人敬重。殊不知家家有本難念的經，行行有不一樣的規矩。倘若不能入境問俗，必然挫折連連，備受打擊。二是老人看新人，大多存心觀望，看看能出什麼洋相。袖手旁觀，見死不救。三是新手遇險，大多缺乏經驗而難以逃脫，若是無人救援，豈不是更為可怕？水的深處，漩渦之中還有漩渦。再熟悉水性，也應該敬慎從事，以免藝高人膽大，精於水者反而死於水。

離（䷝）卦九三、九四兩爻，夾在上火、下火的中間，火力最強，實在十分火熱。九三、九四位居人道，告訴我們，天道、地道，都不怕火，只有人在天地之間，最怕火災受難。老板好當，員工好當，只有幹部夾在中間，最為艱難。發生火災時，老板發火，自己卻最先離開火場。員工喊著火了，快來救火，也躲在一旁，因為自己明白救不了火，不如躲開，以免妨礙救火。只有幹部，趕緊通知救火隊，指揮搶救重要東西，還要隨時向老板報告。幹部不三不四，老三老四，顛三倒四，都足以引起火熱的危急情況。

坎的上六，表示浮出水面，即將脫險。卻由於沉不住氣，連岸上丟過來的繩索都拉不著，終於虛脫乏力，又一次沉入水中，當然誰也救不了。自作自受，莫此為甚。

坎

上六，三歲不得，凶。

初六，陷險益深而凶。水的深處最為危險。

水深
火熱

離

九四，聰明誤用。
九三，日昃，凶。

火愈熱燒烤愈痛苦。

我們的建議

1人類由於科技神速發展，忽視離卦的警示，已經濫用科技，破壞自然生態，顯示人的聰明才智，不再附著於倫理道德。因此突如其來的變化，使人有焚如、死如、棄如的感覺。如不及早覺悟，恐怕難逃滅絕的慘局。

2坎卦教人誠意，離卦教人明理。缺乏誠意，當然難以明理，就算明白，也不可能付諸實踐，等於不明。不能明理，也不可能誠意。世上虛情假意的人很多，實際上即是不明理，不知道離卦的真義，也無法正心的表現。

3聰明誤用，比不聰明更為可怕。耳不聰、目不明，在某些場合，反而更為有利。可見聰明必須附著在倫理道德上面，發揮中道的精神，才能真正造福人群社會。

4天不怕火，地也不怕，只有人最怕火災。天地都沒有隱私，照耀得再明亮，也不必擔心。人很難沒有隱私，所以十分重視隱私權。人不如天地，不夠光明磊落，要反省。

5水愈深愈陷，初入社會要特別謹慎。否則承受不了打壓，就會同流合污。對學校所學的喪失信心，反而認為學校所教的，不能實用。其實是自己不對，不應該怪學校。

6火愈烈愈烤得厲害，愈熱的地方愈難受。好不容易當上幹部，似乎脫離水深的險陷，卻又進入火熱的階段。如何合理承上啟下，應該是人人必修的重要課題。

第七章 既濟六爻有什麼啟示？

成功最怕得意忘形，招來後患。
這時候限速、減速，安全才能无咎。
不服氣的人，以各種方式洩憤。
最好保持冷靜，自然有人出面處理。
成功之日，並不能高枕無憂。
這時候小人恃機而動，要密切注意。
接續下來的許多問題，防不勝防。
終日提防戒備，不能有一刻大意。
保持尚未成功時的誠意和敬慎，
聞過必改，才能夠真正實受其福。
若是由於成功而敗壞倫理道德，
免不了由安全回到險難，不能持久。

一、初九濡其尾防惹火燒身

既濟（䷾）離下坎上，水在火上，成功地把水燒沸，可供飲用。水火既濟，引申為完成任務，大功告成。

卦辭說：既濟，亨小，利貞，初吉終亂。

從卦象看，坎水在外代表環境險阻。而離明在內表示凡是成功的事情，不過是小事。所完成的任務，就算現在覺得很了不起，將來事過境遷，也只是一樁小事件。既然亨小，利貞也不可能完全，所以初吉終亂。留下來的後遺症，終有一天會釀成亂局。小亨一方面告訴我們，要求大亨還得繼續努力。一方面也提醒大家，只要有小部分不亨通，便會因小失大，造成後患，很快又會變成失敗。

初九爻辭：曳其輪，濡其尾，无咎。

初九以陽爻居陽位，既當位又充滿衝勁。從卦象上看，是離明的開始，前途一片光明，當然精神奮發，迫不及待要向前衝刺。曳是拖曳，也就是現代的煞車器。乘車的人，先踩一踩煞車，看看靈不靈？以免開得太猛了，要煞車也煞不住。濡是浸濕，小動物十分聰明，看到前面有火，首先把自己的尾巴浸濕。因為尾巴是最容易被火燒著的地方，必須預先做好防患的準備。否則尾巴著火，豈不全功盡棄？象辭說：水在火上，既濟；君子以思患而預防之。意思是不怕一萬，只怕萬一。愈是有把握，愈是接近完成，愈需要提高警覺，思患預防。凡事豫則立，不豫則廢。事先做好周全的準備，試試煞車，把自己的弱點加強保護好，預防衝刺中有任何閃失，才是无咎的安全保障。

既濟 ䷾

初九，曳其輪，濡其尾，无咎。

眼見成功在望，最好保持冷靜，設想得更加周全，不能夠因小失大。只要有一些問題，總會帶來嚴重的後遺症。這時候切忌興高彩烈，以免得意忘形。要記住失敗為成功之母，而成功同樣為失敗之母。剛剛起步的這一段路。千萬要走得平安順吉，以免剛開始很吉祥，緊接著又出現禍患。限速、減速，安全第一，才能无咎。

限速、減速，試採煞車，以策安全。

二、六二勿逐不致輕舉妄動

初九當位，又與六四相應，只要謹慎小心，應該可以防患。六二陰爻居陰位，又是下卦的中位，既中又正。下卦為離（☲），有明辨而後篤行的良好修養。凡事不輕舉妄動，有時候還要隨緣，自然可以化解很多困擾與障礙。

六二爻辭：婦喪其茀（ㄈㄨˊ），勿逐，七日得。

茀（ㄈㄨˊ）是婦女戴在頭上的首飾，喪為丟失。婦喪其茀（ㄈㄨˊ），表面上好像說婦女丟了頭上的飾物。實際上是說成功了，自己卻沒有獲得獎賞。似乎臉上無光，有如婦女丟掉首飾一樣，不能顯現美貌，難以展現才華。

婦女丟掉首飾的用意，在提醒成功人士。不法之徒，不敢對他怎麼樣，卻敢偷走妻小的飾物。這時候用不著緊張，更不必生氣。只要耐心等待，大概一週之內，就會有人抓到小偷，前來奉還。錦上添花的人多，雪中送炭的人少，原本是正常的現象。如果大張旗鼓，要加以捕拿，鬧得滿城風雨，反而成為大家的笑話，實在是得不償失。

有貢獻的功臣，成功之日未能論功行賞，同樣不用著急，暫待幾日。等到大事底定，自然會妥善處理。

象說：七日得，以中道也。

七日只是大概一週的意思，並不一定是七日。也可以看做不久的意思，不必著急才合理，也就是合乎中道。

還有一種可能，即指成功之日，還有一些枝節的問題。若是在掌握之中，也不必急於一時。採取以靜制動，以靜觀其變。讓對方著急，自己卻很冷靜，才合乎中道。

既濟 ䷾ 六二，婦喪其茀，勿逐，七日得。

成功人士，他人不敢加以攻擊。不服氣的人，就會對週遭的人動手動腳，發洩一番。這時候保持冷靜，自然有熱心人士，會出面處理。成功之日，自己覺得很有貢獻，卻並未獲得應有的獎賞，這時候最好沉得住氣，稍候數日，待大事底定，自然有眉目。成功之時，尚有一些枝節小事，如果有把握，不妨靜觀其變，對方急而我不急，才合乎中道。

沉得住氣，以確保成果。

三、九三艱難困乏勿用小人

既濟（䷾）九三爻辭：高宗伐鬼方，三年克之，小人勿用。象辭則說：三年克之，憊也。

鬼方是商代北方的一個部落，殷高宗興兵討伐，費時三年，才把戰亂平定下來。通過這一次戰爭，什麼人是英雄，什麼人是狗熊？哪些人是君子，那些人又是小人？雖然十分清楚。但是大家都疲乏不堪，亟待休息。不適合打狗熊、殺小人，以免引起內部的紛爭，不得安寧。

那要怎麼辨呢？難道是非不明，讓小人有可趁的機會，為非作歹，不是更危險、更可怕、更不得安寧嗎？

孔子說：敬小人而遠之。領導者心知肚明，在獎賞的時候，有功的晉升、加薪。小人則多少給一點錢，不要撕破臉。安慰幾句，要求下次再表現得好一些。這樣算姑息養奸嗎？好像並沒有養的心，也不會產生奸的後果吧！

君子嫉惡如仇，非置小人於死地不可，也是一大亂源。唐代郭子儀，獲得四朝皇帝的賞識，卻屢遭小人的攻擊。但他是胸懷廣闊，不記恨，也不復仇。這才能夠從六十五歲到八十五歲，整整二十年間，身繫天下的安危。能夠與小人相處，不為所害，是一般以君子自居的人，很難做到的，他做到了。因為小人尚能存在，是惡貫還沒有滿盈。一旦惡貫滿盈，沒有理由不被收拾掉的。惡貫尚未滿盈，我們就要收拾他，未免有一些過分。社會安定，大家蓄精養銳，有能力治理小人，當然可以下手。若是疲憊不堪，社會並不安寧，這時候不如暫時小人勿用，防止其害即可。

既濟 ䷾ **九三，高宗伐鬼方，三年克之，小人勿用。**

成功之時，由於長期的努力奮鬥，很可能大家都很疲憊。這時候賞罰分明，勢必引起小人的反彈，增加內部的不安。所以多賞少罰，對小人也不能趕盡殺絕。最好不要撕破臉，給予改過自新的機會，也不能明言。只要心知肚明，達到敬小人而遠之的效果。等待休養生息之後，才找機會予以處置。

小人勿用，但也不要撕破臉。

四、六四終日戒應加強防患

既濟（䷾）六四爻辭：繻（ㄒㄩ）有衣袽（ㄖㄨˊ），終日戒。

同樣是衣服，新而華麗的，叫做繻（ㄒㄩ）。舊而破裂的，稱為袽。華麗的衣服，很快就變成破舊，便是繻有衣袽。用來譬喻成功之後，接踵而來的種種問題。很可能產生禍患，使成功的美夢，變成一場幻象，很快就破滅了。

就個人來說：被勝利沖昏了頭，好像變成另外一個人。以前有人找他，覺得是好意相助。現在有人找他，認為必有所求。因而六親不認，翻臉無情。令人覺得他只是愛自己，卻不愛任何人。相信很快就眾叛親離，不敗也難。或者成功了，受不了誘惑。不但花天酒地，傷了身體。而且愛錢如命，又不知選擇。以致各種罪惡，瞬間集於一身，壞了名譽，更喪失了信用，請問怎麼能耐久呢？

再看組織。一家公司蒸蒸日上，眼看成為同業的龍頭。卻在短短一、兩年間，有如高山崩裂，宣告破產，又是什麼道理？我們知道一家公司要興盛，需要一百二十個優良的因素，而要失敗，往往只要一個窟窿就夠了。

失敗時想要東山再起，實在難上加難。成功後忽然遭遇重大的失敗，則是常見的不幸。守成比創業更難，這是創業者很難想像的事，只有守成的人，才心中有數。

象辭說：終日戒，有所疑也。

疑是懷疑，凡是懷疑心重的，必然警覺性很高。稍有風吹草動，便不放過。終日提防戒備，不敢稍有疏忽。所以終日戒，以確保成功的果實，真的並不容易。

既濟 ䷾ **六四，繻有衣袽，終日戒。**

新的衣服會變成破舊，新傢具會變成老舊。成功也會帶來很多新的問題，解決不了就會造成禍害。對成功的人來說，各種誘惑隨著出來，擋不住便掉入陷阱。對公司組織來說，一個小窟窿，可能延伸為大洞。成功者忽然變得六親不認，好像只愛自己卻不愛任何人，也是常見的現象。惟有提高警覺，有任何風吹草動，都不能放過，才能確保成功的果實。

船底如有小破洞，時刻都可能沉沒。

五、九五事實求是因而受福

既濟（䷾）九五爻辭：東鄰殺牛，不如西鄰之禴（ㄩㄝˋ）祭，實受其福。象辭說：東鄰殺牛，不如西鄰之時也。實受其福，吉大來也。兩者的主要差異，即在「時」也。尚未成功的時候，小心謹慎，惟恐有所疏失。成功之時，想要居安思危，卻往往只能居安，而難以思危，因為找不到危在何處？東鄰殺牛，指的是和西鄰不殺牛的相對位置。並不一定是東鄰殺而西鄰不殺。殺不殺牛，意思是隆重與微薄的不同。東鄰西鄰，代表不一樣的時勢。殺不殺牛，表示祭拜人的心意，是不是誠懇堅定？一般說來，未成功時的祭拜，雖然祭品微薄而心中虔敬，有所祈求而執禮甚恭。成功之後，祭品豐厚，卻只有償還人情的感覺。有時覺得自己比神靈還要偉大，認為不佑助我，還有誰可以佑助的呢？因此形式上禮拜，內心卻缺乏虔敬。我們虛擬一下，站在神靈的立場，喜歡哪一種？當然是祭品微薄而恭敬虔誠。所以說東鄰的形式好看，卻不如西鄰那樣實受其福。神靈所要的，是精神上的虔誠禮敬，並不是物質上的豐厚祭品。惟有精神上滿足神靈的需求，才能夠吉大來也。

未成功時祈求神靈，成功之後利用神明，這是成功為失敗之母的關鍵所在。因為神靈比人更加靈光，看得格外分明。人好騙，神明不好騙。我們心中是否恭敬虔誠？別人不容易看出來，神靈連眼睛都不必張開，便完全明白。孔子說祭如神在，意思是祭不祭自行決定，不必勉強。倘若決定要祭，就應該恭敬虔誠，不能如同兒戲。

既濟 ䷾ 九五，東鄰殺牛，不如西鄰之禴祭，實受其福。

一般人成功之前祈求神，成功之後利用神。這是成功為失敗之母的關鍵所在，不可不慎。東鄰、西鄰，只是相對的，不同的場所，不一定固執東方或西方。殺牛當祭品，大多是成功之時，才有這麼大的氣派。可惜祭品豐厚，引起拜祭的人趾高氣昂，心中不一定虔誠。祭品簡單微薄，代表尚未成功，這時有所祈求，大多恭敬虔誠。兩相對比，哪一種才能實實在在有好的福報？想必大家都心知肚明。

成功時，謝天謝地，感謝各方人士時，務必真誠。

六、上六提醒守成更為困難

既濟（䷾）上六爻辭：濡其首，厲。

離下坎上表示火在下而水在上。譬喻人的成功過程，好比從火熱逃到水深，然後脫險而出。小狐狸在初九爻位，覺得火熱得難受，趕緊浸濕尾巴，以求自保。後來脫離火熱的離下，來到水深的坎上。好不容易浮上水面，卻又連頭部都浸濕了，由安全中掉回險難，終將浮不起來而沉沒，豈不是前功盡棄？厲是危險的意思，頭部沒入水，整個身體都沉沒了，還不夠危險嗎？所以象辭說：濡其首，厲，何可久也！高興得把頭都浸濕了，當然不可能持久。

大凡成功的人，都從火熱當中，好像火燒屁股那樣，逼得自己力求向上提升。接著經過很多水深的坎陷，吃盡苦頭，也冒足了危險，才逃脫水深火熱的苦難，獲得成功。殊不知成功得來不易，一下子沉淪淹沒，卻是頃刻之間，便突然嚐到惡果。既濟卦初九的曳其輪、濡其尾，六二的勿逐，用意都在提醒成功的人，一定不能夠輕舉妄動，以免成功的果實，馬上成為泡沫幻影，令人惋惜。九三的小人勿用，六四的終日戒，告訴我們成功不易，必須思患預防。正如大象所說：水在火上，既濟。君子以思患而預防之。九五的實事求是，是成功得以保持成果的惟一原則。只有站在成功的基礎上面，繼續開始另一番奮鬥，才是合乎中道的做法。若是由成功而驕傲、懶惰，不但前功盡棄，而且有如上六的濡其首，一下子沉淪下去，豈不是如象辭所說的初吉終亂？從雲霄上墜入深淵，害己也害人。

既濟 ䷾

上六，濡其首，厲。

成功的人，大多從火燒屁股一樣的火熱當中，被逼得充實自己，並向上提升。好不容易來到水中，燒烤的威脅沒有了，接著要面對水深的坎險。歷經水深火熱，終於獲得成功。倘若興奮得過了頭，忘記自己剛剛才浮出水面，竟然把頭部也浸濕了，連帶整個身體都快速向下沉淪。從安全返回危險，成功如同泡影，轉瞬間就不見了。

初吉終亂，功敗垂成。

我們的建議

1 成功是大家所期望的目標，當然也是所期待的成果。然而既濟六爻的爻辭，只有初九无咎，上六厲。其餘四爻，都沒有一個吉字，可見成功得來不易，也未必是好事情。提醒大家，不要對成功存有太多妄想，以免失望。

2 下卦離，象徵火熱。上卦坎，表示水深。受不了火熱的煎烤，向上提升以求安全。又承受很多坎險，一心一意想逃脫水深火熱的困苦，是大家追求成功的最大動力。

3 好不容易浮出水面，卻由於興奮得過了頭。把頭都浸濕了，以致整個身體向下沉淪。這是自作孽，誰都救不了。向上提升很難，向下沉淪卻十分容易，要特別小心。

4 初九是陽爻，代表精神。一個人要向上提升，大多靠精神的力量。上六是陰爻，代表物質。一個人向下沉淪，大多由於物質的引誘。地位愈高，愈有機會受到金錢、物質的誘惑。倘若把握不住，一下子沉沒，當然危險。

5 脫離水深火熱，都要靠自己，求神不如求人，求人不如求己。依靠自己的實力，卻不能驕傲自大，最好口口聲聲說是上天佑助，運氣好。以免招惹他人嫉妒，才是上策。

6 既濟卦初吉終亂，告訴我們成功很難得，要保持成功的果實，更加不容易，不了了之的概念，已經初步引出。如何深層體會不了了之的真義，還要解讀未濟卦。

第八章　未濟六爻有什麼啟示？

涉世未深，缺乏經驗的人，很不明智。
往往在難以完成的情況下，徒增困擾。
必須擺脫庸人自擾的陰影，從頭開始。
尋找正確的方式和途徑，以求早日既濟。
在未濟中堅持既濟的目標，
發揮自己的實力，務求有為也有守。
表現得再好，也不能功高震主。
獲得上級的信任，更應該謙恭守份。
夏日炎熱，令人承受不了。
不如冬天的太陽，使人倍覺溫暖。
成功在望，必須多方節制，免生意外。
稍有疏忽，很可能前功盡棄，毀於一旦。

一、初六濡其尾表示不知極

未濟不表示沒有完成或不能成功，易經不喜歡用這種否定的語氣，使人失望、消極，甚至於喪失信心。未濟（䷿）坎下離上，上卦為離表示光明在望，下卦為坎告訴我們現在仍處於險難之中。若能克服險阻，安渡難關，便能獲得光明。未濟只代表尚未完成，還沒有達到成功的地步。卦名和卦象，都充滿了積極，鼓勵和希望。

卦辭說：未濟亨，小狐汔濟，濡其尾，无攸利。

未濟是通向既濟的道路，前途光明，所以和既濟一樣，都是亨。汔是接近的意思，小狐狸渡河，快接近彼岸的時候，濡其尾，把尾巴浸濕了。小狐狸力氣小，尾巴浸濕就舉不起來，以致渡不成河，結果對渡河的完成沒有好處。

初六爻辭：濡其尾，吝。

未濟（䷿）初六以陰爻居陽位，表示不自量力。想以弱小的力量去支援九四，以求相應。結果把自己的尾巴，都浸溼了。使救援的工作，更加艱難，所以令人惋惜。

象說：濡其尾，亦不知極也。

知是明智，不知極表示很不明智。身處險境，居然把尾巴浸濕了，更加難以逃脫，實在是不智之極。

既濟（䷾）初九同樣是濡其尾，為什麼无咎呢？既濟是快要成功了，惟恐衝得太快，所以濡其尾以求減速，當然无咎。未濟（䷿）初六是陷在險中，卻濡其尾增加自己的困難。這種力不從心，卻又不自量力。實在十分不智，所以令人惋惜，只要不吝而悔，用心改善，仍然是有可為的。

未濟 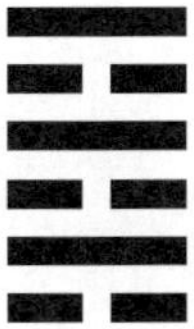 **初六，濡其尾，吝。**

未濟坎下離上，初六是水的這一岸，剛剛準備入水，以求安渡彼岸。一個人不自量力，不明白自己不過像小狐狸那樣體弱無力，竟然在入水之前把自己尾巴浸濕了，增加渡河的困難。對於這種不智之極的舉動，還不知悔悟，依然找理由為自己辯解，所以說：濡其尾，吝。

不明智，徒然增加自己的困難。

二、九二曳其輪正道而得計

未濟（䷿）九二爻辭：曳其輪，貞吉。

初六是從岸上進入水中，濡其尾徒然增加渡水的困難，自屬不智之極。九二意味由水中即將登上陸地，和既濟的初九相似，最忌諱欲速則不達，所以曳其輪，以求減速，才是正當的措施，收到吉的效果。九二以陽位居下卦的中位，本身雖不當位，卻與六五的柔居正位，取得良好的呼應。九二能夠以合理（中）的方式，走上有效（正）的途徑，自然吉祥。這裡特別加上一個「貞」字，在提醒大家，把初六的吝，改變成深有悔意。將九二當做新的起點，眼看著就是既濟（䷾）的開始。具有這種正確的念頭，又能堅持合理的操守，才會吉。不然的話，也不會吉祥。

去掉未濟（䷿）的初六，把它變成上六，就會變成既濟（䷾）。身在未濟，心也一直想著未濟，當然心想事成，不能突破未濟的難關，一直困於未濟的狀態。身在未濟，卻能夠心存既濟。時時尋找良機，務求突破未濟的難關。擺脫初六的口是心非，並不真正悔悟。改以心中有悔，意志堅定，要從頭做起。於是以九二為再接再厲的新起點，依據既濟（䷾）的初九啟示，用曳其輪來重新出發，自然貞吉。這種未濟中心存既濟，在未濟中尋求既濟的妙方，才是成功的大道。否則一天到晚想未濟，承受自己的心理暗示而難以擺脫這樣的陰影。充滿了消極的負面思惟，怎麼能夠化未濟為既濟呢？把未濟當做既濟的前奏，內心充滿了既濟的希望，比較容易沉得住氣，早日登上既濟的大道。

未濟 ䷿ **九二，曳其輪，貞吉。**

擺脫初六庸人自擾，不明智地徒然增加自己困難的陰影。重新開始，把未濟的九二看成既濟的初九，以期在未濟中看出既濟的可能。在未濟中存有既濟的希望。曳其輪來減速、限速，以免欲速則不達，反而耽誤正事的完成。只要目標明確，意志堅定，方式和途徑也都合理，又能堅持這種可貴的操守，自然吉順。

雖然未濟，應存有既濟的希望。

三、六三未濟征凶利涉大川

未濟（䷿）六三爻辭：未濟，征凶；利涉大川。

征有行動的意思，征凶表示冒然行動會帶來凶險。和利涉大川相當矛盾，因此有人主張加上一個不字。然而也可以解釋為：雖然行動可能會帶來凶險，若能突破困境，找到出路。抱持置之死地而後生的決心，也就有利於渡過大河了。這兩種說法，都說得通。我們兩種說法並列，以供參考。換句話說，來到未濟變為既濟的臨界點，要看能不能突破困境？有沒有堅定的決心，才能斷定利或不利？

九二的象辭說：九二貞吉，中以行正也。九二為下卦的中位，居中位行正道，所以貞吉。六三的象辭則是：未濟，征凶，位不當也。九二將未濟當做既濟的前奏，六三卻提示有既濟的理想，也不能忘掉未濟的現實。就算快要登上陸地，還是不知道登上陸地以後，會有什麼樣的遭遇？六三以陰爻居陽位，表示不當位，也就是失位。雖然有出險的可能，實際上仍未脫離險阻。在未來的情勢尚未清楚之前，不宜貿然採取劇烈的行動，因此不利涉大川。

然而，六三雖然不當位，卻有上九的相應。由於六三和上九畢竟有一段距離，並不瞭解中間會產生什麼樣的變化？若是冒然採取劇烈的行動，必然招來凶險，也就是征凶。如果按照九二「在險難之中，堅持合理的操守」，不偏不邪，也就利涉大川，可以奮勇向前。可見事在人為，只要謹慎守正，穩紮穩打，一步一趨，走一步算一步，就算失位，仍然要繼續向前邁進，才能持續。九二從未濟中找既濟的美夢，促使其逐漸成真。

未濟

六三，未濟，征凶；利涉大川。

剛剛浮出水面，正待脫離坎險。前面是離火，看起來一片光明。到底是熊熊烈火，還是冬日的太陽？在尚未判明之前，冒然採取行動，都可能帶來凶險的意外。能不能利涉大川？要看自己的態度和行動，才能夠決定。採取和九二一樣的原則，堅持合理的操守，不偏不斜，就有利於涉大川。若是脫離坎險，滿心歡喜，十分興奮，一下子奔入烈火之中，那就十分不利了。

內外都有壓力，亟須發揮自己的實力。

四、九四已出坎險貞吉悔亡

未濟（䷿）九四爻辭：貞吉，悔亡，震用伐鬼方，三年有賞于大國。象辭說：貞吉悔亡，志行也。

九四已經脫離坎險，表示從九二到六三，一直堅持合理的操守，所以貞吉。若是六三不顧不當位的風險，冒然採取劇烈的行動，這時候必然後悔不已。現在六三安然登上離（☲）的始爻，就沒有後悔的必要，即為悔亡。把六五和九四單獨拿出來看，和震（☳）卦相似。一陽在地下震動，其勢很猛，用來討伐鬼方，三年有成。象徵花費很多時日，並不一定剛好三年。有賞于大國，表示這是領受六五的命令，代君出征。九四陽剛而六五柔順，很容易造成功高震主的威脅，使九四遭受嚴厲的秋後算帳。現在居然受到封賞，而且給予大國的豐厚獎勵，可見志行良好。

未濟九四和既濟九三對照來看，後者是高宗親征，所以勝利歸來，必須小人勿用。前者是代表高宗出征，既表現良好又不致功高震主，實在十分難得，因此封賞豐厚。

六三脫離坎險，表示一個人誠意接受各種苦難的磨鍊，完成克服坎險的課程。九四為離卦的開始，把自己的實力貢獻出來，為人群社會服務，以創造光明的未來。這時不畏艱難、再困難的工作也要勇於承擔，再遙遠的地方也要不辭勞苦。具有這樣良好的意志和不折不撓的行為，自然悔亡而貞吉。伐鬼方，表示獲得上級的信任，敢把這樣重大的任務，委託下來。自己又能以柔順事上，卻把剛健的一面，用來完成艱鉅的任務，並不功高震主，實在很不容易。

未濟 ䷿ **九四，貞吉，悔亡，震用伐鬼方，三年有賞于大國。**

完成克服坎險的課程，應該把自己的實力展現出來，以求造福人群社會，創造光明的未來。這時候不畏艱難，再困難的工作也要勇於承擔，再遙遠的地方也要不辭勞苦。具有這樣良好的意志和不折不撓的行為，自然悔亡而貞吉。以柔順上，卻把剛健的一面，充分表現在工作上，以完成艱鉅的任務。

表現良好，又不功高震主，自然无悔。

五、六五誠信守正貞吉无悔

未濟（䷿）六五爻辭：貞吉无悔，君子之光，有孚吉。

六五以陰爻居陽位，雖不當位，卻由於居於上離的中位，既為離明的主爻，也是未濟卦的主爻，所以貞吉无悔。當然，有九二的居中行正，相互對應。又有六三的穩紮穩打，完成克服坎險的磨練。接著九四伐鬼方有功，六五也公正無私，給予大國的封賞，都是貞吉无悔的必備條件。六五為上離的主爻，發出無比的光輝，堪稱君子之光，因此獲得大家的誠心信服，便是有孚的效果，帶來吉祥。

象辭說：君子之光，其暉吉也。

暉是日色，君子的光彩像陽光那樣燦爛，普照大地。由於以柔居中，所以並不是夏日炎熱，令人承受不了，有如火烤。卻是冬日的溫暖，令人覺得十分可愛而不願意離開。獲得大家喜愛的陽光，有如得人心那樣，帶來吉順。

把未濟六五和既濟六四對照來看，後者因為心有疑懼，不能不一天到晚戒慎恐懼。前者則有如冬日，溫暖大家的身心，當然十分愉快。起因於既濟九三，高宗親征鬼方，三年之間，對每一個人都相當瞭解，雖然小人勿用，卻不得不耿耿於懷。未濟九四，則是高宗委任幹部征伐鬼方，戰勝歸來，受封於大國。君子小人，用不著高宗親自去賞罰。溫暖的陽光，比較容易讓小人脫掉虛假的外衣，而遷善改過。終日戒懼，畢竟有如寒風那樣，逼使小人把虛偽的外衣愈拉愈緊。那一種方式，更符合人性的需求？請大家各自領悟，相信很快就瞭然於心。

未濟

六五，貞吉，无悔，君子之光，有孚，吉。

六五是全卦的正位，雖然以陰爻居陽位，並不當位。卻能夠以柔軟的身段，來完成剛毅的任務。有既當位又居下卦的中位的九二，互相呼應，所以貞吉无悔。這樣的領導風格，有如冬天的太陽，令人覺得溫暖可愛，普受大家的歡迎。不像夏日炎熱，使人承受不了，紛紛走避。對人誠信，不欺騙自己，彼此互相信任，自然吉祥順利。

君子的光彩，最好像冬天的太陽，溫暖可愛。

六、上九因不知節而濡其首

未濟（䷿）上九爻辭：有孚于飲酒，无咎。濡其首，有孚失是。象辭說：飲酒濡首，亦不知節也。

上九為未濟的終位，表示由未濟到既濟的理想，已接近實現，在這種緊要關頭，往往一點小疏忽，也會釀成大災難。尤其是上九位居上離的終位，更要特別注意：星星之火可以燎原。有孚表示心懷誠信；于飲酒則是拿飲酒做譬喻。待人誠信而適度飲酒，可保无咎。倘若逸樂過度，不知節制，以致頭昏腦脹，喪失理智。好比小狐狸把頭都浸溼了，全身溼透了，一下子從即將完成任務的雲端上，重重地摔回原點，也就是漩渦的陷阱，失去誠信的正道。

未濟彖辭說：未濟亨，柔得中也。小狐汔濟，未出中也。濡其尾，无攸利，不續終也。雖不當位，剛柔應也。未濟的卦象，和既濟相反。離上坎下，象徵水在下而火反而在上。由於火炎向上，水向下潤濕，以致水火不相交，不能產生交易作用，所以未濟。這樣的狀態，怎麼會亨呢？主要是領導者六五以柔居中，帶給大家溫暖，普受歡迎。小狐狸不自量力，尚未從坎險中脫離，就浸濕尾巴，徒然增加行動的困難，導致後繼乏力，無法達到終點，十分不利。未濟的九二、九四和上九三個陽爻，都不當位，卻都有陰爻相應。表示未濟之中，仍有既濟的希望。只要初六爻開始，便以理智指導感情。到了上九，還能夠理性地自我控制，則由无攸利變成有所利，將不續終轉為能續終，把火水不相交合，改變為火水相濟，都很有可能。

未濟

上九，有孚于飲酒，无咎；濡其首，有孚失是。

凡事物極必反，未濟來到上九，即將轉成既濟。心中充滿歡喜，難免飲酒作樂，慶賀一番。倘若適可而止，對於鼓舞士氣，尚有積極的激勵作用。若是不知節制，或不能控制，以致頭昏腦脹，偏離了誠信的正道，那就有如小狐狸浸濕了頭，連帶整個人都沉入深水之中，回到坎險的狀態，而前功盡棄了。

能濟未濟，全看最後五分鐘。

我們的建議

1 未濟的意思，既然不是不能濟，而是尚未濟，還沒有濟。那就永遠有既濟的可能。天下無難事，只怕有心人。只要用心，以高度的愛心和耐心，必然有既濟的一天。

2 凡事起頭難，所以一定要慎始。每一次開頭，情況都不一定相同，務須仔細觀察、分析，做出合理的抉擇。小狐狸渡水，要翹起尾巴，以免浸濕。若要脫離火場，那就要先把尾巴浸濕，避免著火，都是明智的措施。

3 未濟時要保持既濟的決心，若是以未濟為不可改變的事實，覺得十分無奈。那就是自暴自棄，任何人都幫不上忙。就算有人很熱心，也將無濟於事，仍然是未濟。

4 未濟卦的用意，在提醒我們，先習坎再追求光明，其實也有好處。只要在未濟時，不放棄追求既濟。先受一些苦難、險陷、凶禍的磨練，具有充分的實力和豐富的經驗，然後踏上既濟的光明大道，更加不會功敗垂成。

5 未濟時能善終，破除上九的不知自制，便能轉入既濟的佳境。既濟時能善終，避免上六的濡其首，也能保持成功的果實，不致掉入未濟的深淵。請問大家：做得到嗎？

6 未濟可怕，而既濟可愛。大家歡迎既濟，卻害怕未濟。追求成功，但不願意吃苦，有這樣的好事嗎？請把既濟和未濟兩卦並列，對照各爻的爻辭，仔細玩味一番，相信必另有一番體悟。

第九章　既濟未濟給我們哪些指點？

既濟、未濟各有三陽爻和三陰爻。
只要各爻上下徹底交換，便互為變卦。
既濟和未濟互為錯卦，六爻都剛柔相反。
完成時要心存尚未完成，以免驕傲奢侈。
既濟中有未濟的影子，陽中有陰。
未濟中也有既濟的因子，陰中有陽。
易經以坎離兩卦作為上經的殿後。
表示人活在世間都免不了坎險離明。
必須本末、始終、先後明辨清楚，
才能做出當時當地合理的抉擇，知所因應。
天地生水火，天地水火構成既濟、未濟。
離開天地水火，便無所謂完成或尚未完成。

一、既濟未濟原本週而復始

既濟代表一件事情的完成，並非表示整體的結束。就算人類真的滅絕，山河大地仍然持續地變化。大自然生生不息，不會因為人類的滅絕而全部毀滅。一個人活在世上，從小到老，不斷地完成不同的事情。每一次完成，都是另一次的開始。人的一生，似乎活在既濟、未濟的變化中。我們把既濟（䷾）和未濟（䷿）並列，很容易看出都是三個陽爻和三個陰爻的組合體，而且一陰一陽相接，井然有序。所不同的，只是任何一卦的初爻，向上升起，成為上爻。然後其餘各爻，都向下降落一個爻位。形成上下徹底交流，就變成另外一卦。既濟的初九，代表向上的精神，被壓制在地下，急於上進。爻辭特別提出曳其輪、濡其尾的減速、限速建議，便是乾（䷀）卦初九爻的潛龍勿用，在這裡重現。以免一直向上衝，萬一衝到上位，逼迫其他各爻，都逐一下降，立即變成未濟，豈不是欲速則不達？

同理，未濟的初六，原本就是物質，位居地道最下層的物質界，有如坤（䷁）初六的履霜堅冰至。若是持續保持現狀，不接受精神的洗禮，不增進自己的利用價值，終將有如道路上的堅冰那樣，愈來愈沒有用途。因此爻辭提示，濡其尾，做好萬全的準備，接受光和熱的考驗和鍛鍊。破吝為无咎，向上奮發邁進，抱持有一天上升到上位，也就是化未濟為既濟的決心。促使全卦六爻，產生上下徹底交流的變化，由尚未完成而趨於完成，才符合未濟卦辭所說的：亨。能不能亨？全由當事人自主，不能怨天尤人。

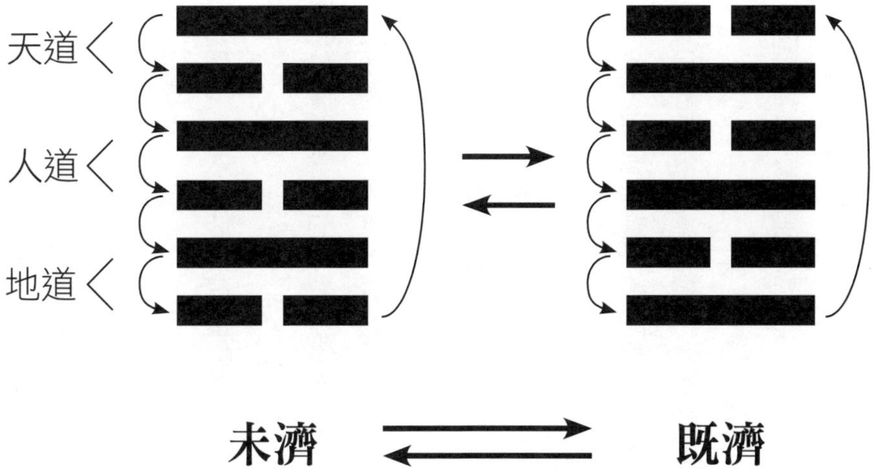

初爻向上升成上爻，上下徹底交流。

二、變化主因在於質能互變

既濟變成未濟，或者未濟變成既濟，形成兩卦的陰陽爻位置，完全相反。這種情形，稱為旁通卦，又名錯卦。陰代表物質，陽代表精神，也就是能量。物質與能量互變，便是我們常說的質能互變。有自然的變，也可以透過人的力量，使其互變。易經以人為本，比較重視自主性的發揮。有心改變，常常會產生改變的效果，叫做心想事成。

學習易經，研究易理的最大功能，其實便是「心易」。用自己的心，來改變自己的處境。以自己的心態，來變易眼前的感受。同時透過妥當的心理建設，來化解各種疑慮和恐懼。既濟的卦辭，僅僅是亨小，而且加上初吉終亂的警語。未濟的卦辭，反而是亨。可見既濟、未濟，最好由自己的心態來認定，不必隨著外界的反應而起伏。

大家認為成功的，未必是真有成就。現在認定成功的，不一定持久。已經完成的事情，很快又生出很多問題。外界的認定，往往居於利害關係，隨時有改變的可能。不如由自己來感受，更為輕鬆愉快。把既濟的亨小，看成目前的成就，不過是小小的一步，還有待進一步的努力。因而不驕傲自大，豈不是更好？將未濟的亨，看做已經接近既濟的邊緣，很快便會亨通，是不是更為喜悅呢？

把未濟看做既濟的前奏，將既濟當成未濟的起點。完全在自己的一念之間，實在很容易。自作自受，在這裡表現得十分明顯。說變就變，可以自行控制，不需要假手他人。心易的功能，需要自己體會，也要自己多練習。

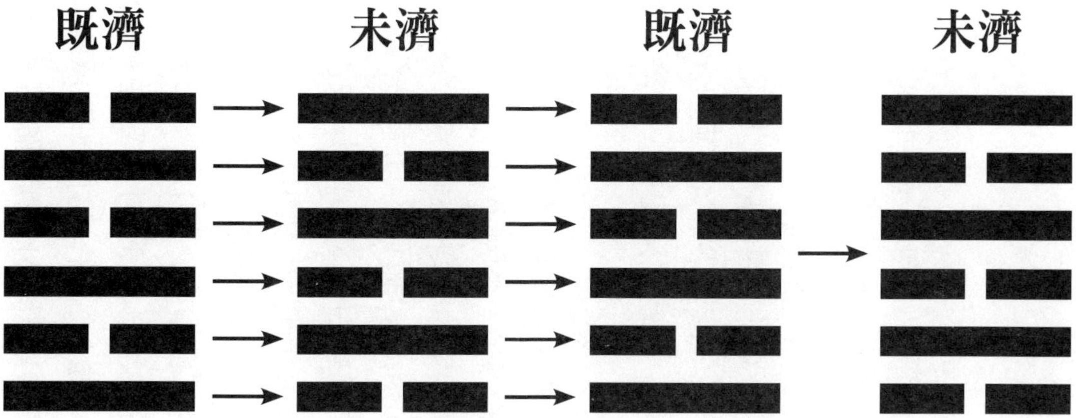

質能互變，各爻完全相反，成為錯卦。
完全由自己的心念控制，便是心易。

三、既中且正還需要得其時

「居中為吉」是易經的重要觀念之一，卦象中的二、五兩爻，分別位居下卦和上卦的中位。凡陽爻居五位的九五，象傳多以「中正」或「正中」來描述。陰爻居二位的六二，則多為「得中」或「得位、得中」。然而居中為吉，並不限於二、五兩爻。還需要和「時」連接在一起，合起來想。「時中」才是中道的大用，現代的說法，則是「當時當地最合理的平衡點」。隨時可以改變，顯得十分靈活。譬如既濟（䷾）九五，陽爻居於上坎五位，既中且正。又與離下中位的六二爻相應，全卦六爻，也都當位，看起來已經樣樣條件都很美好。但是它的爻辭「東鄰殺牛，不如西鄰之禴（ㄩㄝˋ）祭，實受其福」，仍然提醒我們，在這種極盛的情況下，很容易驕傲、奢侈，導致盛極而衰。便是九五已處於既濟的完成階段，從「時」的角度看，至於極限，而「位」也隨著無可再進，以免由盛轉衰。所以既濟卦辭，以初吉亂終來警示，又要大家思患預防，用意在此。

反觀未濟（䷿）九二，以陽爻居陰位，屬於不當位。爻辭卻明示「貞吉」。因為九二、六三、九四、六五的互體，正好是坎上離下的既濟。若是以九二為起點，將初六的「吝」改為「悔」，真心悔悟，重新出發。九二「位」雖不當，卻始得其「時」，反而可以大展雄才。

既濟中含有未濟的因子，未濟中同樣含有既濟的因子。和「陰中有陽，陽中有陰」的大原則，完全符合。未完成表示隨時可以完成，已完成必須提防功敗垂成，毀於一旦。

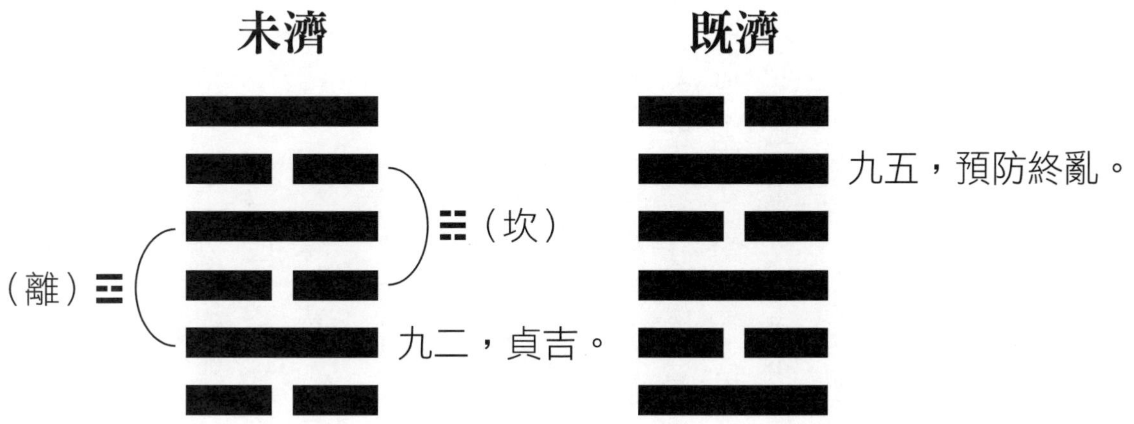

位雖不當，卻得其時。　　既中且正，惜不得時。

四、坎險離明人人都有關係

自然生態與生命機體，實際上都離不開坎水。我們非常在意其它星球有沒有水，用意即在探究人類能不能在那裡生活？水能載舟，也能覆舟。坎險的意思，在提醒大家，必須慎用才能有益於人生。習坎是人人都應該學習的課程，可見水和人生，具有至關重要而又十分密切的關係。

水的特性在「流動」，不流動即成死水，會產生很多問題。一流動也可能氾濫成災，構成嚴重的威脅。如何善導、善治、善用，是上天賦予人類的一大特殊任務。

有水而無火，我們看不見水，既難以利用，不小心也會跌入水中，十分危險。離（☲☲）卦的六五和六二，分別居於上離和下離的中位。從卦象來看，很像我們的兩顆眼睛，既大又圓，還能夠轉動。不但眼觀四方，而且炯炯有神，對一切事物，瞭如指掌。世上有了太陽，一切才能夠看得分明。人能觀察事物，可以說附著在太陽的普照。

從人事現象來看，坎卦的用意，在教人誠意。而離卦的作用，則在教人明理。不誠意，很難明白道理。若非固執成見，便是居於私利而產生偏見。不明白道理，基本上就表示心不正而意不誠，用不著懷疑。一個人，最好明白知識的作用，在弄清楚各種事物的性理。然後拿所學得的知識，來指導自己的情感，使自己意誠心正，把身修好。再以端正的身心狀態，來妥善運用知識，造福社會人群。

習坎和明理，是人類創造文明的兩大主要因素。我們的生活，也都離不開水火。妥當面對坎離，生活自然美滿。

坎

☵

像一條船，在兩岸之間行駛。
必須正心誠意，才能安渡。
因為水能載舟，也能覆舟。
習坎的過程，人人都應該修習。

離

☲

像人的眼睛，炯炯發光。
明白事理，面面顧到。
看走了眼，戴有色眼鏡，
都將自作自受，自食其果。

坎險離明，人人都有密切關係。

五、本末終始先後要分清楚

坎險、離明的關係位置，影響到事情的既濟、未濟。坎上離下，代表有限度的既濟，所以象傳明白指出，小者亨也。表示完成一件事，只能在有限的範圍內亨通。倘若超出這個限度，那就「其道窮也」，不能亨通。長江後浪推前浪，前浪死在沙灘上。後來的人，逐漸否定前人的成就，成為西方人「吾愛吾師，吾更愛真理」的依據。學生否定老師，還認為是進步的必然現象。我們卻知道「前事不忘，後事之師」，如果沒有前浪的引導，後浪怎麼能夠衝得那樣順遂？為了不忘本，我們尊重師承，常常把自己的創見，看做老師的延伸，歸功於老師的啟發。離上坎下，代表無限度的未濟。宇宙的事物，原本無窮無盡。人的一生，再勤勞、再努力、再明智，也無法把自己想做的事情，完全做好。不可能把自己想知道的真相，全部弄清楚。何況一件工作完成，緊接著又產生若干變化，衍生某些問題。以有限的壽命和精力，想要畢其全功，當然不可能在無限的未濟當中，充其量只能完成有限的既濟。古今中外，每一個人的共同命運，即為不了了之，並無例外。

既然如此，我們最好把本末、終始、先後分辨清楚。做應該做的，不要做不應該做的，才是本份。做自己的才智做得好的，不做那些自己才智做不好的，稱為守份。乍聽起來，似乎十分消極。實際上我們天生都有個別差異，一生當中，只要把自己的本份做好，便是最合理的安排。至於不了了之，也是無人例外的共同結局，不如坦然接受。

既濟表示有限度範圍的成功。
只在小範圍內亨通有利。
未濟代表宇宙的事物無窮無盡。
沒有人能夠完全弄清楚，搞明白。
人生各有個別差異，
發揮自己的特長，是守份的表現。
每一個人的時間，精力都相當有限，
充其量只能夠完成有限度的任務。
古往今來，人人都不了了之，
我們又怎麼能夠例外？

六、天地水火構成既濟未濟

乾（䷀）、坤（䷁）兩卦，是易經的開始，既濟（䷾）、未濟（䷿）兩卦，則是易經的終究。坎（䷜）、離（䷝）兩卦位於上下經之間，成為易經的樞機。有天地才有水火，有乾坤即有坎離。乾坤兩卦的中爻互易，便是坎（☵）、離（☲）。說卦說：「坎為月」、「離為日」。日月循環而分晝夜寒暑，使我們逐漸產生時間的概念。由於每一個人的壽命有限，顯得時間不夠用。把未濟放在既濟的後面，即在提醒大家：只要用心把自己的事情辦妥，不必過分熱心，把後代的事情也一口氣辦完。兒孫自有兒孫福，莫與兒孫作馬牛。有很多人，自己的事情不用心，卻喜歡為兒孫操心，實在是本末顛倒，輕重不分，而且先後搞錯了。

既濟時想起未濟，就不致驕傲自大，自認為功高蓋世。因為在自己的專業領域之外，還有更為寬廣的世界。運動員獲得金牌大獎，立即想起自己年紀夠大，下一次不一定有機會參加，所以哇哇大叫。若是確信自己下一次還有機會，便會擔心可能出現黑馬，出其不意對自己構成很大的威脅，就自然而然，收斂一些，不至於那樣驚叫，似乎在宣示：自己的運動生涯，已經來到頂端。接下來像拋物線到了頂點以後，必然快速向下墜，豈不是很不吉利？勝不驕，敗不餒。勝敗乃兵家常事，並且不以成敗論英雄。這些既濟、未濟的相關道理，現代人好像都忘光了。

不以成敗論英雄，才知道未濟的可貴。成者為王，敗者為寇，不過是既濟的有限認定。時過景遷，全都不了了之。

既濟 ䷾

一時的成功。
勝者為王，敗者為寇。
坎離的關係良好。
既濟用不著驕傲自滿。
不要忘記天地水火的恩情。

未濟 ䷿

長期的摸索。
不以成敗論英雄。
坎離的關係不良。
未濟不需要洩氣。
最好想想還有無限的空間。

我們的建議

1 如果只有既濟，後面不緊跟著未濟。表示一切都已經完成，未來不再產生變化。世界從此停止，陰陽不再互動。天地萬物，包含人類在內，恐怕都趨於毀滅了。

2 幸好既濟之後還有未濟，人人都不了了之。卻由於江山不老，新一輩的人才，只要傳承得宜，自然向接力賽跑那樣，一棒接著一棒，十分順利地持續向前邁進。為什麼要擔心後繼無人，而一直堅持由自己來完成呢？

3 能完成當然不能推辭，不能完成也就不了了之。其中最重要的關鍵，即在自己的心安不安？倘若心安理得，不了了之又有什麼不好？心安理得地禮讓給比自己更高明的高手，這樣的推辭，難道不好嗎？心安不安？最要緊。

4 既濟、未濟，從有限的角度來看，有一些不同。若從無限的角度來看，似乎沒有什麼兩樣。勝不驕、敗不餒，表示心胸廣闊，眼光遠大，是不是更有氣度？

5 人生在世，既然無法完全把事情辦妥。先把自己的品德修養好，再充實自己的才智。然後依據本末、輕重，先後，做重要的事，而不是忙於緊急的事務，才是正道。

6 未濟卦水下火上，象徵水向下流，火向上燒，互不相交，不相往來，不符合事物發展變化的自然規律。隨時停下來，重新開始，著重和各方面的交感作用，很快就既濟了。

第十章　我們如何對待既濟和未濟？

人的生活，脫離不了水深火熱，
接受各種挑戰，也要承受各種壓力。
起起伏伏，連自己都捉摸不定。
把握不住人生的進程，只好不了了之。
人生的目的，在求得好死。
企求能夠心安理得地不了了之。
時刻遵循易理，不斷向上提升。
時時做好階段性調整，務求好死。
歷史証實，易理盛行大家活得快樂。
不重視易理，各種亂象勢必層出不窮。
人有善性，也常動妄念，生出壞主意。
必須以理智指導感情，不斷提升品德修養。

一、人生離不開水深和火熱

水深火熱，延伸出來的意義，便是我們常說的「東西」。從製造東西的歷程中，人類覺察出工具的重要性。因此明白「工欲善其事，必先利其器」的道理。不料對於器的日趨倚重，卻也導致遠於道的不良後果。大家重器不重道，以致製造出很多不利於道的器具，簡直傷天害理。

從道的層次來看，人生的大道，離不開水深（各種艱難險阻）和火熱（種種溫暖、熱烤和煎熬）。有時候由水深奔向火熱，有時候從火熱投入水深。還有些時候，水深火熱同時出現，使人覺得走投無路，既無奈又很無助。

火熱相當於現代所說的壓力，水深有如現代所說的風險。人活在世上，一方面要承受來自四方八面的壓力，一方面也「天有不測風雲，人有旦夕禍福」，充滿了不確定感，也似乎難以預測。我們最好將火熱當作內燃機，來點燃自己的動力，使自己充滿活力。既照亮自己，也照耀著週遭的人事地物。把水深視同重重的考驗，看看自己到底有多大的本事，經得起多大的挑戰？壓力大，採取抗拒的心態，勢必承受不了，分明是自苦（自找苦吃）。不如改採順應的心態，轉化成有效的驅動力，反而无咎。風險多，採取恐懼、逃避、敵視的態度，根本躲不過。倘若改採「人生本來就要經過這種小考和大考的測驗，才能畢業」的心情。在學校應考慣了，到社會上，多應幾次考，又有何難？既能妥善運用壓力，又能以平常心面對艱難險阻。水深火熱在一轉念之間，變成喜樂愉快的天堂，真好。

水深　＋　火熱　＝　生活

↓　　　　↓

考驗　＋　壓力　→　成功

↓　　　　↓

從小到大，
歷經那麼多次考試。
再多考一次，
又有什麼了不起？
平常心看待，
自然輕鬆愉快。

從小到大，
承受那麼多壓力，
就算四方八面都來，
只要把它看成驅動力，
合理地加以運作，
反而獲得很大助益。

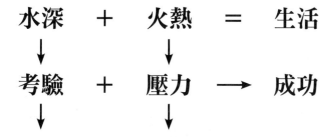

二、循環往復只能不了了之

既濟之後有未濟，表示循環往復永不停息。也惟有如此，才能夠生生不息。於是，人類只能不了了之的命運，便難以改變，放眼看去，很容易看出既濟的時候，由於事情進行得十分順利，心中充滿了喜悅。在這種情況下，心情鬆懈，警覺性降低，表示憂患意識已經喪失。不論是短暫的，或者是長期的，都會使得真話聽不進去，變化看不出來，而自己又和實際的情況，愈來愈脫節。很快由既濟轉入未濟。若是身心經不起挫折，或者壽命有限，忽然來到終點，是不是只好無奈地不了了之呢？就算求生的意志力，非常堅強。大家會不會放心讓他持續奮鬥下去，恐怕也身不由己，未必是自己所能夠掌控的。一般人處逆境時，顯得聰明、機警、而且很願意協調。若是處於順境，那就聰明一世，卻糊塗一時。不知不覺中，將自己的努力成果，不多久便付諸東流。想要擺脫不了了之的命運，只有隨時隨地，保持高度的警覺性，謹慎小心。往往有話不敢說，有事不敢做。這樣過份標榜自己、愛惜自己的羽毛，結果也是另一種狀態的不了了之。被大家罵為極度的自私，恐怕也將有口難辯。人的壽命，基本上很難由我們自己決定。有時候想死，卻死不了。而想活的時候，也有忽然間猝死的可能。我們實在無法使自己的壽命和工作，做合理有效的配合。所以不了了之，最好坦然地接受，視為一種無可奈何的宿命。然後再深一層追求化解之道，應該是比較適合的因應方式。這一種方式，究竟是什麼呢？

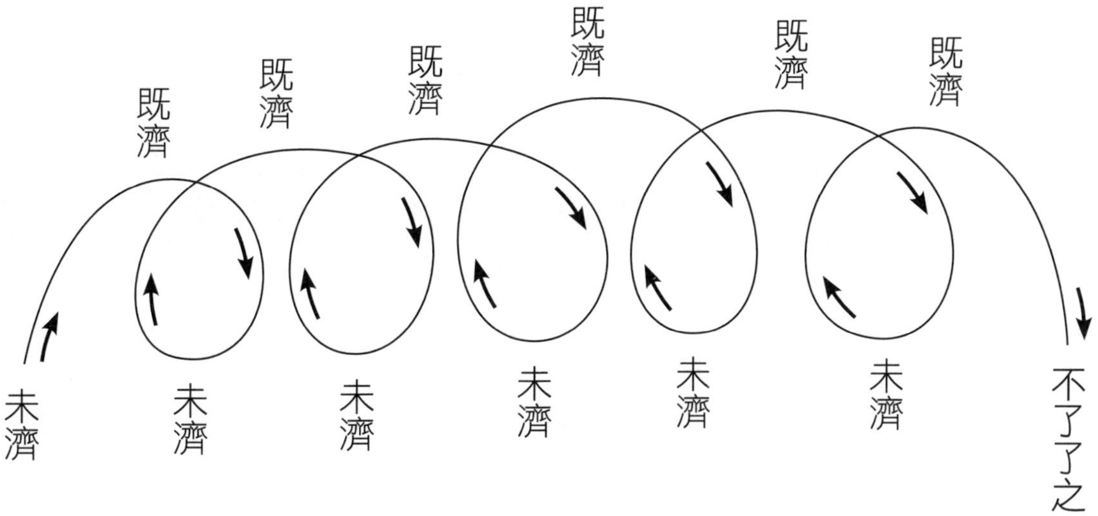
未濟
既濟
未濟
既濟
未濟
既濟
未濟
既濟
未濟
既濟
未濟
既濟
不了了之

三、人生目的即在求得好死

人類為了有效因應不了了之的結局，終於想出一種大家都喜歡的方式，那就是：追求永生。只要永恆地生存，便沒有不了了之的困擾。自古以來，已經成為眾人的共識。不過採取的方法，大不相同。西方人走「神本位」的路線，祈求神的庇祐。以求永生。神也大膽地開出支票，坦承「信我者得永生」。盡管異教徒不相信，教徒很相信，也就一直沿用迄今。中國人從伏羲氏開始，便倡導「人本位」，相信求神不如求人，求人不如求己。既然自作自受，一切靠自己，終久比較安心。我們提出立功、立言、立德三不朽，藉著活在人的心目中，獲得永生。經由祖先崇拜，使祖先永遠活在後代子孫的心中，因而永生。

希望活在後人心中，最方便的法門，就是在死後仍然有很多值得大家懷念的地方。我們把這種狀態，稱為好死。中國人罵人，最惡毒的，大概便是「不得好死」，令人不寒而慄。所以身為中華民族的一份子，人生的目標，大多是求得好死。全世界都在討論人生的目的是什麼?看來看去，比來比去，還沒有那一個比得過求得好死。簡單明瞭，卻使人印象深刻，值得像易理那樣，用心省悟。

求得好死，並不是不生病而死，也不是不出車禍、不受災害、不戰死沙場、不以身殉難，都不是。而是非常單純地，死得心安理得。只要問心無愧，上對得起天地、祖先、父母，下對得起子孫，毫無愧怍，即為死得心安理得，也就是求得好死。聽起來容易，卻需要時刻依易理而行。

求永生

- **神本位路線**
  - 祈求神的庇祐，得永生。
  - 神開出支票：信我者得永生。
- **人本位路線**
  - 藉由立功、立言、立德三不朽，永遠活在世人心中，以獲得永生。
  - 只要大家心中有我，不把我忘記，我就永生了。

不如求得好死，來得更為方便。

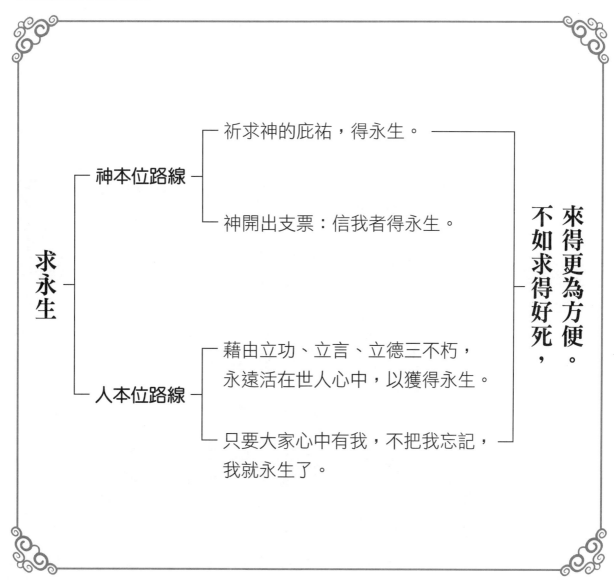

四、時時刻刻都要謹慎小心

人生最有趣的事情，莫過於我們都知道自己遲早會死，卻沒有人知道：自己什麼時候會死？會怎麼死法？

我們又很盼望，能夠求得好死。偏偏人生的歷程，又是未濟、既濟，未濟循環往復，令人難以把握。在既濟的歡樂中，心安理得地死去，豈不是十分圓滿地求得好死？

偏偏人生不如意事，十常八九，人算真的常常不如天算。成功時不想死，有時想死也死不掉。接著尚未成功出現，卻不幸死了。這些現實中的難題，要想妥善配合，協調化解。恐怕只有一條路走：隨時隨地謹慎小心。

我們仔細觀察，當人們不了了之的時候，果然一陰一陽，出現兩種不同的現象。一種是死不瞑目，眼睜睜地不了了之，看起來相當可怕。另一種則是死得心安理得，毫無愧怍，也沒有絲毫牽掛地閉起眼睛，安祥地不了了之。我們所追求的，正是這一種狀態，真正求得好死。

這種狀態，說起來隨時都可能發生。所以我們只有一條路可走，那就是時時刻刻，都謹慎小心，不斷地向上提升自己。卦爻的始、壯、究，只是代表某一階段的進程。人生有多少個始、壯、究，沒有人知道。我們只好遵循易理，走完一個始、壯、究，再繼續走下一個始、壯、究。究竟要走多少個？大概只有天曉得。人生是階段性的調整，每一階段，都有不同的時、空和各種物質，我們應該採取什麼精神，抱持何種心態，做出什麼樣的行為？才能合乎當時當地的理氣，這才是對自己最大的挑戰。

人生是階段性的調整

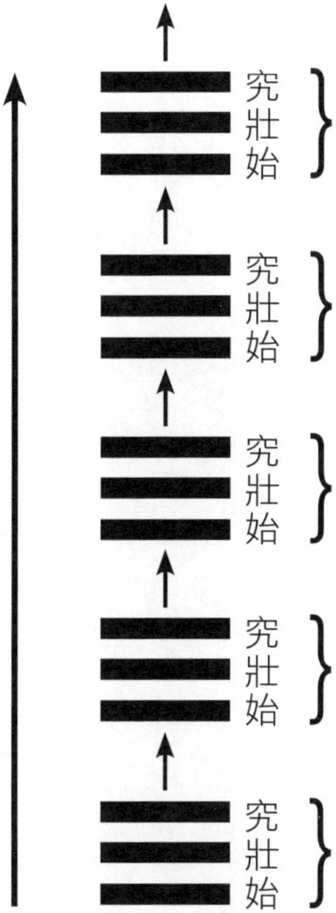

謹慎小心不斷向上提升自己

時時刻刻都依循易理而行

五、幸好人類是習慣的動物

這樣的人生，是不是太辛苦了，太緊張了，也太麻煩了？難怪有人說苦難人生，不如今朝有酒今朝醉，及時行樂。人心險於山川，何不退隱避世，圖個安靜？人怕出名豬怕壯，為什麼要打拚？人到中年萬事休，養老保健最實在。人生如朝露，何必自苦？人微言輕，說這麼多幹啥？人情淡薄，連讀書人都不孝敬父母，還侈談什麼天理？人亡物在，大家只想爭奪物品、財產，誰心中還記得誰？這一類的怨責和不滿，比比皆是。人不是應該活得自在，活得愉快，活得有意義、有價值嗎？為什麼還念念不忘古老的易理？

幸好，人類是習慣的動物。習慣於小心謹慎，已經成為自然，並不覺得辛苦。反而不謹慎小心，才會痛苦。習慣玩樂，不玩樂很痛苦，玩樂時才快樂。養成什麼樣的習慣，不由上天做主，是我們自己做主。我們有選擇的權利，這才是真正的人權。要不要依循易理？應該不應該向上提升自己？是不是謹慎小心比較好？全都由自己決定。只要養成習慣，久而久之，習慣成自然，也就快樂自在了。

我們常說人有不同的人生觀、價值觀、宇宙觀，其實是各有不同的生存方式。你走你的陽關道，我走我的獨木橋。按理說應該是互不干擾，各行其是才對。然而人是群居的動物，必須建立共識、產生公理，共同維護公義，以求和諧共享。易理的出現，便是為了因應這樣的需求。經過幾千年的考驗，已經為有識人士所認定。歷史也証明：易理盛行的時期，大家安居樂業的榮景，比較容易實現。

人是習慣的動物

養成習慣

↓

習慣成自然

↓

覺得自在快樂

歷史証明，易理盛行的時代，大家安居樂業。
若不重視易理，亂象叢生，簡直防不勝防。

依循易理而行，應該是最合理的抉擇！

六、心是思想行為的總樞紐

習慣從行為來，行為態度獲得良好的效果，便會逐漸養成習慣。行為態度從我們的觀念而來，具有什麼樣的觀念，就會產生什麼樣的行為態度。心是觀念的代表，所以心是思想行為的總樞紐。我們的思慮、疑惑，經過心的過濾，去蕪存菁，終於定下心來，拿定主意，表現出自己所想要的行為態度。我們的人生，可以說是我們自己想出來的，心想事成，自己應該負起全部的責任。易經的功能，主要表現在「心易」，用我們自己的心，來改變我們自己的行為態度。擺在我們眼前，至少有三條路向。一是向外，不斷向外奮進，求取各自的需要。西方人比較喜歡這樣，以致能動不能靜，時時刻刻，都和外界接觸，也備受外來的影響所左右。一是向內，持續朝向自己的內心，探究所想要的真理。印度人很擅長這種方式，導致能靜不能動，最好什麼都不做，看看上天會怎樣處置？我們中華兒女，最常選擇的，是向上的路徑。不斷求上進，依循易理，持續地始、壯、究，始、壯、究，以提升自己，力求能動也能靜，而且動靜咸(ㄒㄧㄢˊ)宜，到死為止。可惜我們長久以來，把向上當做職位的升遷和權利的提高，偏離了易理的正道。易經的向上，其實是向善。不斷提高自己的善性，激發自己的善心，培養自己的善德，表現自己的善行。這才是易理所說的向上提升，否則便是向下沉淪。積善之家必有餘慶，是上天對我們的鼓勵。自天佑之，吉无不利。實際上是先有具體自我提升的表現和實績，上天才會給予祐助。空等待是得不到的，要靠自己。

事成：果然死得心安理得

↑

做好階段性的調整。

↑

確立德本才末，德本財末的信念。

↑

持續向上提升自己的品德修養。

↑

慎重以理智指導感情。

↑

知道人有善性，也常有妄念。

↑

相信積善之家必有餘慶的道理。

↑

抱持不以成敗論英雄的心態。

↑

明白未濟和既濟的循環往復。

↑

心想：求得好死。

我們的建議

1 在生活當中，體會既濟和未濟的滋味。培養「不以成敗論英雄」的心態，接受「成者為王，敗者為寇」的結果。以正確的價值觀念，面對各式各樣的多元反應。

2 面對各種人事地物，不以自己的喜怒，偏愛或厭惡，來加以抉擇或評論。最好依據易理，務求順應自然的規律，做出選擇性的取捨。以免先入為主，或者有所偏頗。

3 未濟時沮喪失望，既濟時歡樂興奮。原本是人之常情，只要不過份，並不需要強加抑制。合理的節制和抒發，更加有利於身心的舒暢。這種修養，有賴於平日的養心，使自己由多欲而寡欲，由貪婪轉為安足。

4 加強自己的品德修養，以平常心看待既濟和未濟。向上以向善為主，而不是盲目爭取提升職位和增加權利。不向上提升，勢必向下沉論。若是不升反降，那就日趨下流。有一天不幸不得好死，實在是終生的莫大遺憾。

5 未濟是終而復始的希望，為既濟的一體兩面。六爻雖然不正，卻能夠內外相應。孔子到了七十歲，才能夠「從心所欲而不踰矩」，看出既濟和未濟的深刻用意。

6 乾坤相交，乾卦的初、三、五當位不動，坤卦以二、四、上爻當位的爻，來進行交易，於是產生既濟。這是中、正、和、平所產生的良好結果，務必用心體悟。

結語

不了了之，好像是人類共同的宿命。古往今來，不分中外，再了不起的人士，再不得了的英雄豪傑，莫不如此。然而深一層想，不了了之還是可以分成陰陽，那就是「不了」和「了之」。用「不了」來「了之」，果然一陰一陽之謂道。人人都可以安心享用，不必擔心死不瞑目。

「不了」是「未濟」，而「了之」即為「既濟」。抱持「未濟」的心情，來面對「既濟」的成果。這樣的不了了之，便是功成不居的良好修養。本來就沒有什麼了不起，剛好碰巧，運氣好，居然有了初步的結果，還請大家多多鞭策，多加指導！這樣謙恭禮讓，就算「不了」，大家也會認為已經「了之」，而普受歡迎。

現代人稍有成就，便神經兮兮，趕緊申請專利，加強保護智慧財產權。心中那一絲喜悅，由於擔心被盜用、懷疑被剽竊、憂心他人早一步完成手續而消失殆盡。弄得老師也要告上法庭，控訴學生抄襲他的作品，情何以堪？

諾貝爾得獎人，大多為西方人士。主場的魔咒，居功不小。如果紅樓夢不能獲得大獎，便知道當今的文學作品，實在比不上往昔。但是外國人看紅樓夢，連誰是誰都弄不清楚。一輩子從來沒有同時看到這麼多人物，在同一齣戲中出現，乾脆不看算了。我們將心比心，也不便苛責。

申請智慧財產權，獲得諾貝爾獎，又能怎樣？到頭來還不是不了了之。年限到，解禁了。很可能產生很多可怕的後遺症，誰也不敢用。諾貝爾得主，頂著大家信以為真的光環。覺得自己無所不知，更無所不通。竟然知之為知之，而不知也自認為知之。弄得眾人皆怨，自己也臉上無光，豈不是不了了之。最好的辦法，還是從天地水火的變化，體會出既濟（了之）和未濟（不了）的轉化，妥善安排自己的生活。保持平靜的心情，既濟時居安思危，未濟時充滿希望。把週而復始，看成生生不息的可喜現象。

根本的解決，則有賴於高度的自覺。人生的目標，在求得好死。一生的所作所為，都應該用來提醒自己的道德修養。一切以品德為本，本立而道生，才能接著產生各方面的枝節問題。現代人忘本，不但不敬天，不孝父母，也不重視自己的道德修養。反而重視智識，倚重才能，培養技藝。本末顛倒，弄得自己神魂也顛倒過來，緊張忙碌而無所得，豈能求得好死？倘若不得好死，所有成就又有什麼價值。中華兒女，當一個人蓋棺論定的時候，首先注意的，是這個人的品德，加減乘除，結算一番之後，看看品德及不及格？若不及格，其它的成就一筆勾銷，從此不加評論，當然更不值得效法。若是品德及格，大家就會隱惡揚善。品德修養愈好，就愈加錦上添花，把所有缺失，都掩飾掉了。外國人常常覺得很奇怪，中國人怎麼差距這麼大？好的非常好，簡直是完人。壞的非常壞，根本就不是人。和我們的評價方式，有十分密切的關係。這麼大的壓力，還不能激發大家重視品德修養。並不是我們的問題，而是這種道理，不能普及，為大眾所知曉。但願我們的努力，在這方面有一些助益，那才是全人類共同的福氣！

我們的下一本書，要探究「易經的中道思惟」，希望有一些幫助。

附錄 人生過程比結果更加重要

一、人生的結果當然十分重要

人生的目的，在求得好死，也就是心安理得地回歸自己的原鄉。慎始善終，因此成為我們研究易理，玩賞爻辭的主要目的。六十四卦，以乾坤二卦居首，既濟未濟殿後。即在提醒我們，天地是我們的根本，不但不能污染環境，濫用資源，破壞社會風氣，而且應當敬天法地，順應自然，保護環境，建設和諧、安樂、互助的人倫社會。然而個人的侷限性，使我們在生命有限、能力有限、機會也有限的限制下，即使盡心盡力，既濟之後，緊接著又是未濟。任何人都擺脫不了不了了之的命運。

由於生命有限，所以大家都重視結果，也追求速效。嘴巴說長期規劃，心理想的則是一、二年內就要還本。把合理、良心、道德置之一旁，專心一意奪得第一桶金。生命這一個名詞，很可能是西風東漸，受到西學的影響，才開始出現。中華兒女，則自古以來，便重視性命，因為生命泛指各種生物的存活時期，性命卻僅限於人類的生存。可見中華文化以人為本，十分重視人的立場和尊嚴。這是中華民族的人權，表現得和西方人很不一樣。

乾卦（䷀）彖辭說：乾道變化，各正性命。保和太和，乃利貞。現代我們所推崇的全球化、地球村，實際上從這裡延伸出來。人類的性命，既然由乾道變化而來。宇宙為一大天，人便是一小天。人生的目的，便是把自己安放在整個天體運行中，順乎自然規則，做一個堂堂正正的易經君子。人人各正性命，扮演好自己的角色。保持合理的良心，合乎天理的要求。努力固守合理的貞操，自然天下太平，萬國咸寧。

易經六十四卦三百八十四爻，都在致力於促使我們提昇自己在宇宙間的地位，發揮對天地萬物的影響力。每卦六爻，卦中的每一爻都代表小天，六爻組成的卦即為大天。每一卦都是小天，六十四卦合起來為一大天。六十四掛為小天，超越六十四卦的大象，便是一大天。每一個人，都具有小天和大天，也就是小太極和大太極兩種身分。必須兼顧並重。不偏於大天或小天。有時候左右為難，只好委屈求全。我們看起來很矛盾，實際上是陰陽協調的結果。有時候這樣，有時候卻那樣，以免「孤陽不生，獨陰不長」呀！一以貫之，是原則一致，卻也不停地持經達變。

人生所追求的結果，是一樣的：下學而上達。但是每一個人具有不一樣的侷限性，現代稱為個別差異，所以各人所獲得的結果，方向相同而造就不同。

二、結果不同過程最好一樣

下學而上達，下學指「明象位」，經由設卦觀象，玩賞爻辭，透過時位和性質的變化，做好不同階段的合理定位，也就是充分了解自己此時此地的特殊情況。上達便是「立德業」，尋找此時此地的立腳點，做出合理的言行表現。時時如此，便合乎易經「時中」（時時刻刻都合理）的要求，成為心安理得的易經君子。

這樣的過程，說每一個人都一樣。從理則上看，確實如此。實際上每一個人的象位不同，所能立的德業也不一樣。所以說每一個人的過程都不相同，也符合事實。

易經的「不易」和「變易」同時存在，由我們做人做事的真實情況，可以獲得證明。說中國人保守不變，對。說中國人變來變去，很善變，也對。西方說我們很複雜，實際上是他們的腦筋相對很僵化，不夠靈活。我們運用的十分純熟，覺得很簡易，絲毫都不麻煩。

現代年輕人深受西方的影響，認為在中國社會，做人做事都很麻煩，不如西方那樣簡單明瞭。更加需要早日研習易經的道理，以求及早恢復靈活的腦筋，做一個靈光的人。這才是真正的向上提升，使自己不斷地上達。

人生的過程，從不易的角度來看，人人都一樣。那就是：不斷地做出選擇。因為擺在我們眼前的，永遠有陰就有陽。而軀體的侷限性，使我們分身乏術，無法同時走上陰陽兩條道路。於是如何做出合理的選擇？便成為我們時時都必須趨吉避凶的謹慎法則。以坤卦初六的履霜堅冰至來提高警覺，而以乾卦初九的潛龍勿用，來尋找眼前可以用的方式，做出合理的反應。

做人的目標十分簡易：持續求取上進，務求死得心安理得，毫無愧怍。做人的結果相當一致：盡人事聽天命，能做到什麼地步，便適可而止。不強求，更不能自暴自棄。做人的原則似乎也很簡單：不要和別人比，因為各人有不一樣的侷限性，根本沒有辦法比，也不需要比來比去。我們所要做的，是同自己比。每天有一些長進，內心十分悅樂。凡事但問應該不應該？不問喜歡不喜歡？最好培養「喜歡應該的事情，不喜歡不應該的言行」，還要加上適當的做出合理反應，以求安身立命。做人的過程，相對要複雜得多。往往一步錯全盤皆輸，因此更值得重視。

慎始善終，便是重視過程的最佳詮釋。一開始就慎重選擇，第一步就邁向正途，以期走上合理的人生途徑。然後步步為營，時時提高警覺。遇有風吹草動，立即冷靜地做出判斷，現在的象位如何？應該怎樣修德進業？這樣盡人事以聽天命，不論結果如何？實際上都能夠心安理得，求得好死。

三、做人不應該怕麻煩才能上進

中華民族很早就進入農業社會，使我們充分意識到：惟有實實在在做事，規規矩矩做人，大家和諧互動，才能獲得安足的生活。我們不求富強，卻重視安足。我們深知社會和諧，大家必須遵守天道。我們更明白：互助比競爭更有利於人們的群居生活。一般動物只有本能而缺乏智慧，不得不競爭，以求優勝劣敗，適者生存。人類有智慧，應該互助互惠，照顧弱小，使大家都能夠和諧共存。

我國歷史，自洪荒以至周末，稱為上古。具有十分完美的政治，至為高深的理想，以及純粹自然的倫理。然而周朝以後，好像一代不如一代，難道真的今人都不如古人？黃帝堯舜垂衣裳而天下治，說得那麼好聽，到底是真還是假？我們自己稱讚不斷進步，是不是一種自我安慰？

周文王被商紂王囚禁在羑(ㄧㄡˇ)里，他心目中懸念的，正是這些問題。因為文王畢竟是上古時代的人士，對當時的狀況，遠比我們更加清楚。他並沒有反叛的意思，也不想推翻紂王的政權。他只是希望，能夠透過易卦的詮釋，對紂王提出建言，促使紂王回心轉意，善待百姓，為民造福。當然，他也會想到，萬一自己逃不過這一個劫難，至少可以把自己終生的體驗和領悟，藉著卦爻辭傳給後世。

文王的想法，應該是黃帝、堯、舜那麼良善的政教，為什麼造成紂王如此的暴虐無道？聖君和暴君相比較，為什麼差這麼遠？後來他不得不討伐商紂，建立周朝，和中華民族的演化，有十分密切的關係。因為我們現在所知道的政治、文藝、信仰、典禮，都是周朝所創。文王的兒子周公，集黃帝、堯、舜、禹、湯的大成，使周朝成為中華民族的盛世，距今已有三千年之久。

卦爻辭的主要用意，在提醒我們：老老實實做人、規規矩矩做事，固然是正道。然而有陰就有陽，有正必有邪。這樣的正道，必然引發「不老實的人欺負老實人；不規矩做事，有時反而獲得更多利益」的邪道。因此害人之心不可有，而防人之心則不可無。

我國的上古時期，可以分成兩朝。自洪荒至周初，並沒有信史，引起很多人的懷疑。寓言和實際的情況，實在分不清楚，我們不能說它是確有其事，實在有那樣的佳境。周朝到戰國時期，已經有明文記載的歷史。周文王擔任西方諸侯的首長，稱為西伯的時候，能夠遵守古聖先賢所建立的事業基礎和法規，以仁厚為施政的原則，敬老尊賢，愛護幼小。四方的賢士，包括遠方的伯夷、叔齊也前來投效，跑到周國來定居。他修明政治，為百姓著想，將周國建設成一個禮義之邦。當時國際間有任何糾紛，大多委請周文王評判。大家的心目當中，已經公認文王有資格成為天下的共主。他自己所寫的卦爻辭，實際上應用在施政和生活當中，獲得十分合理的效果。

文王死後，武王繼任，聯合諸侯滅了商朝。戰爭過後，對於佔領區的民眾，各安其宅，各田其田。使殷商人民在亡國之後，仍然各安其業，也是依據易經的道理，發揮寬待戰敗者的仁慈精神。武王死前，由於兒子姬誦年幼，有意傳位給弟弟周公。但是周公不願意接受。姬誦繼任為成王，周公幫助他治理朝政，興禮樂、改制度、封同姓，形成我國古往今來治理得很好的一個時期。

文、武、周公所依據的治理原則，可以說完全是易經的道理。首先要具有憂患意識，時時提高警覺，防患於未然。遭遇艱難險阻時，不慌不忙，按照象位的變化，循正道建立德業。看起來相當麻煩，卻獲得很大的利益，減少很多不良的後遺症。

既濟、未濟卦告訴我們，成功之後，由於過程中種下很多失敗的因素，而成功後的得意忘形，帶給這些失敗因素很多作惡為害的機會，以致成功反而成為失敗之母。我們必須以乾、坤二卦為做人處事的根本法則，時時不忘龍德和牝馬之貞的重要性。隨時隨地，掌握持經達變的精神。常常反省，尋找自己的合理定位，然後適時加以調整，使自己的言行舉止切合時宜，造成良好的和諧關係。與人互助互惠，並且講求倫理，務求大家都能夠安足。

要達到這樣的地步，我們就不能怕麻煩，為了簡單明瞭而粗心大意。倘若因此造成不安，面對艱難險阻時，恐怕就難以因應了。

何況麻煩與否？完全是心態問題。覺得這樣做很麻煩，就會產生不耐煩和厭惡。認為這樣做很有趣，可以減少很多壓力，造成化解危難的功能，那就絲毫不麻煩了。實際上熟能生巧，加上人本來就是習慣的動物，養成習慣之後，再麻煩也覺得並不麻煩。一旦有了易簡的感覺，在不易和變易當中，進行交易，能夠拿捏合理的度。提升成效，應該是其樂無窮的高度藝術。不但可以修己安人，而且可以同享其中的樂趣。使大家活得更有意義，也更有價值。

四、變易之中應該堅持不易的法則

既濟、未濟，告訴我們人生的過程，本來就起伏無常。既濟之中有未濟，未濟之中也有既濟。因此秉持乾、坤二卦的基本法則，做為經常不易的「經」，然後審視各種內外環境的變數，做出合理的調整，以求「權」宜應變，便成為易經君子隨機應變而不投機取巧的不二法門。我們稱之為「持經達變」，也就是「以不變應萬變」，成為中華民族屹立不搖的最高智慧。萬變不離其宗，永遠以易經的道理為依據，隨著時代的變遷而日新月異，以求制宜。

易經的不易。便是我們的生活法則。易經的變易，即為可變的生活方式。中華民族深知自然規律不可能變易，否則萬物將難以適應而不知所措，因此悟出生活法則不宜變易的不易至理。也明白自然現象隨時都在變易，才能循環往復而生生不息。所以我們的生活方式，也應該隨著時代的變遷，做出合理的權宜應變，以求適應而安足。我們不敢數典忘祖，即在表示充分尊重永久而普遍的不易的生活法則，否則中國人就可能變成不是中國人。我們倡導適應環境，必須唯變所適，不可為典要。便是應該求新求變的部份，必須繼舊開新，依據不易的原則來合理變易。

我們說中華兒女是易經民族，並不為過。因為數千年來，中華文化得以綿延不絕，並沒有什麼不連續的現象。即是由於變易和不易的交易，做得十分簡易而有效。七千多年前的易經思想，為什麼到現代仍然為大家所重視？便是由於現代的生活方式，固然與伏羲氏當年大不相同。而不變的生活法則，卻一直延續迄今，不可能改變。

人生的過程，在掌握不易的生活法則，隨時透過變易的生活方式，做出合理的交易，以求時中。人生的結果，由不斷的交易累積而成。富強與否？不過是結果的評核。而安足的心態，才是對於過程的享受。我們不必時時期待結果，卻喪失過程的品味。過程重於結果，所以不以勝敗論英雄。結果如何？只要過程問心無愧，就算成者為王敗者為寇，我們都無憾地接受。因此隨遇而安，也是一種難得的安足。這才是真正的求仁得仁，甘之如飴。

人類的知識，不斷進步。然而我們的智慧，則歷久常新。我們都知道，智慧能夠遺傳，所以龍生龍，鳳生鳳，老鼠生兒打地洞。但是知識不能遺傳，必須由淺入深，從頭學起。知識隨著時間、空間而變化，屬於變易。智慧則恆久不變，只看有沒有獲得有效的啟發？屬於不易的部份。知識最好配合智慧的掌控，以其運用得宜。智慧最好適時開啟，才能明辨知識的真偽和效用。人生的過程，實際上就是智慧和知識的交易變化。一切操之在我，當然值得重視。一切自作自受，意思是自己的所作所為，自己要盡情地享受，才叫做快樂人生。

一生都在享受過程，當然快樂！

五、結語與建議

中華文化最高明的機制，在持經達變。經是不易的常則，變指不斷的唯變所適，便是變易的現象。經是人類的智慧，代代遺傳不易。變是人類的知識，時時都有新的發展。我們能夠不斷地繼舊開新，關鍵在於有不易的生活法則，用以調整變易的生活方式。所以中華文化，持續中有變化，卻能夠變化中保持連續性。我們的保守，來自崇高的不忘本，代代都能夠慎終追遠。對於首創惡例的人，大家追隨孔子的方式，憤怒地指責為「始作俑者」，還詛咒「其無後乎」！讓這種人絕子絕孫，以警惕其他不堅守原則，卻胡亂改變的不良作風。我們的日新又新，表現在明白道理的人，知道經常的生活守則，千萬不可改變。堅持以不變（的生活法則）應萬變（的生活方式）。有智慧地活用知識，當然能夠學以致用，達到利用厚生的效果。

利用是適當地發揮物質的功能，也就是將科技發展的成果，妥善地應用在有利於人民生活的正當途徑。厚生是善於合群，也就是科技發展的成果，必須由人類共享，不應該掌握在少數人手中，藉以累積財富，造成不幸的M型社會。利用厚生，需要正德做基礎，才能安全有效。

正德便是修己，把自己的良心，也就是仁愛之心，透過犧牲奉獻的服務精神，表現在利用厚生。

我們也可以說，人生是正德、利用、厚生的歷程。在過程中，不是水深火熱，便是火熱水深，都離不開坎、離二卦以及既濟中有未濟、未濟中有既濟的變化。

結果是過程的點點滴滴，所累積而成的。我們人生苦短，是一種無奈的偏限性。人人都一樣，並沒有例外。急於追求結果，豈不是縮短自己的性命？自己想想，都會覺得好笑！不如在有限的性命歷程中，創造更為長久的安足生活。我們常說好死不如歹活，就是這樣的心情。

我們衷心建議：新文化是變易的表現，而舊道德則是不易的基礎。我們為了適應內外環境的各種變遷，不得不做出合理的改變，以建設新文化。但是一切一切都在變，只有人性永遠不變。因為人性改變，人就不像人了。那不是我們所想要的結果，必須引以為戒。人性不變，在於舊道德的歷久彌新。做為一個現代人，拿著舊道德做修己的基礎，以利用厚生來安人。不論如何，目標不能變，過程則隨時持經達變。至於結果如何？盡人事以聽天命，根本用不著猜測、預估或求神問卜，無論何時，總是心安理得。

易經人脈學

一個有才能的人，一定要有本事保全自己。

所以易經乾卦的第一課告訴我們：「你要很小心地顯露。」

課程簡介

「易經人脈學」結合傳統易學，並與現代經營管理的思維相結合，以及授課老師多年經營人際、管理公司的實務經驗；有系統的，讓您能夠在十二週時間，學習到如何運用易經來經營人脈的智慧。

曾仕強教授

易經是中國歷代君王、賢能，治理國家所依循的萬世經典；
易經闡述的是天地之間循環的道理，也就是宇宙間的自然法則。
易經在這變化萬千的總總現象之下，透過陰跟陽來解釋這些現象，
使我們能更容易了解到，事情發生的原委及如何因應之道。
決策大智慧師資班課程，就是要您深入了解易經，
並且將易經的思維融入你的生活之中，
透過易理你將會對你的人生有更宏觀的思維及發展，
易經中的智慧將助您在關鍵的決策中，做出最睿智的決斷。

二十一世紀新人類叢書

本世紀影響華人世界的重要推手

曾仕強教授另一著作

值得你用心閱讀的系列好書

口袋書大小，方便您隨身攜帶閱讀。頂尖智慧，超值擁有，每本只要 **150** 元

現在只要同時購買「樂天知命的無憂人生」及「修己安人的領袖魅力」兩本書。

將贈送您參加由現代易學院主辦的「現代易學講座」乙次，場次名額有限，報名從速。

訂購專線：02-2361-1379　服務手機：0932-128118

國家圖書館出版品預行編目資料

進入乾坤的門戶 / 曾仕強　劉君政 作. -- 初版
. --臺北市：奇異果子廣告，2009.5
　面；　公分. --（現代易學院；1）
ISBN 978-986-85176-0-8 （平裝）
1.易經 2.易學 3.研究考訂

現代易學院 03

人人都不了了之

作　　者　曾仕強　劉君政
發 行 人　陳志明
總 編 輯　陳麒婷
行銷企劃　邱俊清
編　　輯　邱柏諭
編　　輯　邱詩瑜

發 行 所
出 版 者　奇異果子廣告行銷有限公司
地址／台北市中正區重慶南路一段57號8樓之14
電話：02-2361-1379
傳真：02-2331-5394

執行設計　方　正
設計企劃　奇異果子廣告行銷有限公司
電話：02-2361-2258
　　　0931-364364
E-mail:sebastianffff@hotmail.com

印　　刷　中茂分色製版印刷股份有限公司
電話：02-2225-2627
傳真：02-2225-2446
地址：中和市立德街26巷17弄5號3樓

版　　次　2009年5月初版一刷
I S B N　978-986-85176-0-8
定　　價　新台幣300元